Cornelia Hartheu
Rosendornenweg

AF209033

Cornelia Hartheu

Rosendornenweg

Roman

Bibliografische Information der Deutschen Nationalbibliothek:
Die Deutsche Nationalbibliothek verzeichnet diese Publikation
in der Deutschen Nationalbibliografie;
detaillierte bibliografische Daten sind im Internet über
dnb.dnb.de abrufbar.

3. Auflage
© 2022 Karl Victor Beer, Herausgeber: Umschlaggestaltung.
© 2022 Cornelia Hartheu, Autorin: Umschlagmotiv, Gedichte.

Verlag: BoD · Books on Demand GmbH, Überseering 33,
22297 Hamburg, bod@bod.de
Druck: Libri Plureos GmbH, Friedensallee 273, 22763 Hamburg
ISBN: 978-3-8192-9531-7

Ein mutiges Buch von einer mutigen Frau

In Krisenzeiten offenbaren sich die wahren Freunde.
Je weniger du hast, desto weniger reden auf dich ein,
was du verkehrt gemacht hast, oder zu tun gehabt hättest.
Umso größer ist die Chance, dass du in dir selbst
deinen eigenen Weg erkennen darfst.

© Karl Victor Beer

Berlin, 1991

„Du bist ja verrückt", sagte Verena. „Mit jedem anderen, aber mit Hagen?"

„Mein Gott, wir verstehen uns gut, die Kinder mögen ihn. Er ist ein tüchtiger Kerl. Es ist vernünftig. Wir kennen uns schon so lange und er hat mir viel geholfen. Außerdem rechnet es sich", stotterte ich.

„Vernünftig, es rechnet sich... und hier?"

Verena deutete auf ihr Herz.

„Naja, ich mag ihn."

„Bah, wie sich das anhört. Was hat er denn für Gründe? Will er dich, das Haus oder die Steuerabschreibung?"

„Verena, du bist ungerecht, du hast Hagen noch nie leiden können."

„Und du bist ein Schaf. Er hat immer verstanden, ins Trockene zu kommen und du hast ihm das Handtuch gehalten."

„Nein, das muss ich mir nicht sagen lassen", erwiderte ich wütend. „Was glaubst du denn wer du bist, du göttliche Verena!"

Unser gemütliches Kaffeetrinken endete in einem Eklat. Verena stand auf. Sie schnaubte vor Wut.

„Du bist erwachsen, sollte man meinen. Aber du weißt ja nicht, was du tust."

„Was regst du dich denn so auf, das ist doch mein Leben!"

„Na, dann leb es doch, aber ohne mich."

Verena zitterte. So hatte ich sie noch nie erlebt. Ich verstand sie nicht.

Sie schnappte ihre Tasche, knallte fünf Mark auf den Tisch, riss ihren Mantel vom Haken und stürzte aus dem Café.

Völlig versteinert blieb ich sitzen. Was war denn das jetzt? Ich konnte es überhaupt nicht begreifen.

Vielleicht war es ja eine verrückte Idee, mit Hagen dieses Haus zu bauen. Zwei Partner, zwei Wohnungen, jeder einen Anteil an der Finanzierung. Eine fast-Beziehung. Auf alle Fälle ein Mann im Haus, der zupacken konnte. Liebe, was war denn Liebe? Davon hatte ich genug erlebt und von Gefühlen, auf die ich mich nicht verlassen konnte.

Ich zahlte. Glücklicherweise hatte unseren Streit niemand bemerkt. Es war ein lauer Vorfrühlingsmittag. Wir waren zum Mittagessen verabredet gewesen. Schon lange hatten wir uns nicht gesehen und uns auf die paar Stunden miteinander gefreut. Vor der Wende waren wir sehr eng befreundet, doch jetzt hatte eben jeder sein Päckchen. Gerade deshalb war es schön, sie zu sehen. Wir wollten von alten Zeiten reden und nun aus heiterem Himmel dieses Zerwürfnis.

Ich setzte mich auf eine Bank im Park vor dem Rathaus und hielt mein wintermüdes Gesicht in die Sonne.

Warum war sie nur so wütend geworden? Sie war doch sonst so tolerant. Was hatte sie nur gegen Hagen? Oder war es die Art Beziehung, die ich mit ihm hatte? Ach was, vielleicht ist sie ja eifersüchtig. Mich amüsierte dieser Gedanke. Vielleicht war es ja keine Abneigung, sondern sie hatte ihn schon damals gerne gehabt. Na, das war ja ein Ding! Mir fiel es wie Schuppen von den Augen. Das war die Lösung!

Also machte ich mir keine Gedanken weiter. Das würde sich schon wieder einrenken.

Ich lief die Treppe zum Rathaus hoch und erkundigte mich nach den verschiedenen Ämtern, wo ich Auskunft holen wollte. Zuerst nahm ich mir die unangenehmen Dinge vor. Also zuerst zur Meldestelle.

„Hier ist das Antragsformular für den Zugang zu den Unterlagen über Sie", sagte die Frau hinter dem Tresen. „Ihren Personalausweis bitte."

Sie schrieb einiges auf das Formular, stempelte es ab und reichte es mir.

„Das hier oben füllen Sie aus und schicken es dann in einem Fensterumschlag an diese

Adresse hier. Es wird eine Weile dauern. Sie sollten alle Adressen angeben, an denen Sie einmal gewohnt haben und alle Namen, dann finden die Sie leichter."

Ich bedankte mich und verließ den Raum. Lange hatte ich das vor mir hergeschoben, nun wollte ich es wissen. Aber es war ein unangenehmes Gefühl. Wer weiß, was ich erfahren würde.

Bauanträge – zweite Etage, Fördermittelanträge – Erdgeschoss. Das ist ein Beantragungsstaat, in den wir geraten sind. Für alles gibt es einen Antrag. Bitte, ich hätte gern einen Antrag auf Antragsbeantragung. Aber immer noch besser als früher. Da konntest du nicht mal Anträge stellen oder wenn, wurden sie nicht bearbeitet und wenn doch, abgelehnt.

Ich holte verschiedene Auskünfte ein, stopfte Papiere bergeweise in meine Tasche und verließ dieses wichtige Gemäuer.

Der Frühling wärmte schon etwas. Ich ließ den Mantel offen.

Am Nachmittag war ich mit Hagen verabredet. Wir wollten die Hausbaustrategie besprechen. Hausbaustrategie...wie sich das anhörte.

Lauter Vernunft. Juliane, du warst schon gefühlsbetonter!

Ostberlin, 1987

Das Telefon klingelte.

„Juliane, hier ist Freder. Hast du Lust, mit mir nächste Woche zur Leipziger Frühjahrsmesse zu fahren?"

Und ob ich Lust hatte. Wie, das musste ich noch organisieren. Aber das würde schon klappen.

Lutz Freder, klein und etwas rundlich, mein alter Kollege aus meinem früheren Betrieb und väterlicher Freund. Da stand er also und holte mich vom Hauptbahnhof in Leipzig ab.

„Ich habe dir ein Zimmer besorgt, bei einer Frau. Hier ist die Adresse. Du kommst mit der Straßenbahn hin. Nichts Außergewöhnliches, aber die Frau macht ein gutes Frühstück. Ich wohne drei Ecken weiter."

Er sprudelte vor Eifer und Freude, dass er mir endlich mal die Leipziger Messe mit dem Duft der großen weiten Welt zeigen konnte.

„Die Hotels sind alle voll mit Westlern und teuer. Ich kenne die Frau schon seit Jahren. Habe sie dir quasi für diesmal abgetreten. Leider hat sie nur das eine Zimmer."

„Das ist ja lieb von Ihnen, Herr Freder."

Ich freute mich sehr, dass ich auch mal zur Messe konnte. Mal zwei Tage raus aus dem Alltagstrott, mal eine andere Atmosphäre schnuppern. Leider hatte mein Betriebsdirektor mir keine Dienstreise für zwei Tage genehmigt.

„Eure Modenschauen sind doch keine Arbeit", hatte er gesagt.

Also einen Haushaltstag drangehängt.

„Wie versprochen, Juliane, für meine Fast-Tochter ist mir nichts zu aufwändig. Und heute Abend habe ich uns einen Tisch bestellt – Überraschung für dich."

Er fühlte sich wohl in seinem Element als mein Beschützer und Begleiter.

Wie würden mir diese beiden Tage gut tun! Ich war sehr gespannt, neugierig und aufgeregt.

Natürlich hatte mein Mann protestiert, wer sich um die Kinder kümmern würde. Wenn er weniger trinken würde, wäre alles leichter. Er war ein guter Bauingenieur, aber sein Alkoholkonsum machte unsere Ehe sehr schwer. Unsere Liebe war lange her. Aber das war jetzt alles weit weg.

„Wo soll ich dich hinbringen, Juliane, hast du Hunger, willst du was angucken?" fragte Herr Freder.

„Ja, ich will zu Speck's Hof. Da laufen verschiedene Modenschauen. Ich würde mir gerne die Extravagant-Modenschau ansehen. Vielleicht bekomme ich eine Karte", sagte ich. „Außerdem will ich sehen, ob ich Stoffe für die Weißnäherei bekommen kann. Die wollen in Zukunft

Hemden für die Kunden nähen, denen die Standardkonfektion zu langweilig ist. Wenn Sie wollen, können Sie sich da auch mal was Ausgefallenes auf den Leib schneidern lassen."

Wir waren inzwischen durch die Bahnhofshalle gelaufen. Herr Freder zeigte auf seinen Bauch, winkte ab und grinste. Dann winkte er ein Taxi heran.

„Ich setze dich bei deinem Specki ab und du kommst dann, wenn du fertig bist, 'rüber zur Elektrotechnik. Ich habe noch bis 18 Uhr zu tun. Die alten Kollegen werden sich freuen, dich mal wiederzusehen, vor allem so schick wie du aussiehst."

Mein Schick war ein dunkelblaues Kostüm und stammte von meiner eigenen Nadel. Es war gerade am Abend vorher noch fertig geworden. Schön, dass es ihm gleich auffiel. Aber Herr Freder war eben ein Kavalier der alten Schule, immer höflich, immer zuvorkommend, egal bei welchem Empfang mit welchen Bruderkollegen er wie viel getrunken hatte. Als ich noch als Sachbearbeiterin mit ihm zusammenarbeitete, hatte er mich manchmal als Dolmetscherin mitgenommen, weil ich gut Russisch konnte.

„Also, bis heute Abend, ich lade dich zum Essen ein."

Das Taxi hielt vor Speck's Hof.

Ich ging zum Pavillon von Extravagant-Moden.

„Ich hätte gern eine Karte für die nächste Modenschau", sagte ich zu einer enorm aufgetakelten Endvierzigerin.

Sie musterte mich von oben bis unten und fragte dann: „Kommen Sie aus Düsseldorf oder für welche Delegation haben Sie reserviert?"

„Äh, vom VEB Kombinat „Schnelle Dienste" Berlin", antwortete ich wahrheitsgemäß.

„Tut mir Leid, die Karten sind alle reserviert, für unsere Stammkunden", rauschte die Aufgetakelte davon.

Natürlich waren die Karten für die Extravagant-Modenschau für beide Tage reserviert, nur nicht für Fußvolk aus dem Osten, wie mich. Das hätte ich mir auch denken können. Wir waren eben alle gleicher als die Westler. Also schaute ich mir unsere Kombinats-Modenschau an. Ganz nett, aber ich kannte das ja alles, hatten unsere Näherinnen aus dem Betrieb die Kleider doch nach den Entwürfen von meinen Kolleginnen und mir genäht.

Trotzdem freute ich mich über die schicke Mode, die für junge Frauen auch tragbar war und pfiffiger als manche Konsumklamotte. Mit unseren Schneidereien hatten wir monatelang an den Modellen getüftelt und heimlich so manchen West-Katalog gewälzt. Wir wollten mit unseren Modellen doch auch Weltniveau haben. Die Leiterinnen der Schneidereien hatten einen regelrechten Wettbewerb veranstaltet, wessen Modelle mit zur Messe kommen sollten. Als Abteilungsleiterin hatte ich sieben Schneidereien und Modesalons in Ostberlin zu betreuen und war für eine reibungslose Produktion verantwortlich. Das Nähen war auch mein Hobby. Gern hätte ich einen eigenen Modesalon aufgemacht, aber das war im Sozialismus nicht möglich. Ich hatte zwar eine Ausbildung, aber keinen Abschluss als Schneiderin, sondern als Diplom-Lehrerin für Englisch und Russisch. Unglücklicherweise hatte ich mich nach dem Abitur überreden lassen, Sprachpädagogik zu studieren, statt Kostümbild, wie ich eigentlich wollte, mich aber im Lehrerberuf nie wohlgefühlt.

Quasi als Strafe, dass ich die Volksbildung böswillig verlassen hatte, durfte ich zunächst nur als Bürohilfe arbeiten und war wegen der Sprachkenntnisse im Elektrotechnik-Außenhandel gelandet, wo Herr Freder mein Kollege war. Nach der Geburt meiner Tochter hatte ich schwarz mit Nähen Geld zum Familienbudget dazuverdient. Als Pauline aus dem Gröbsten heraus war, fing ich beim Kombinat „Schnelle Dienste" an, ironischerweise als Abteilungsleiterin für eben diese sieben Modesalons.

Nach der Modenschau schlenderte ich noch durch die Messehallen und schaute mir die verschiedenen Exponate von Mode über Stoffe bis hin zu Textilmaschinen aus aller Herren Länder an. Handgewebte Stoffe aus Afrika, Wolle und Seide, wunderschöne Saris aus Indien und Kimonos aus Japan.

Bei einem Textilbetrieb aus Aue im Vogtland, der für den Export Hemden herstellte, blieb ich stehen. Sofort stürzte eine Frau mittleren Alters auf mich zu.

„Woll'n Se sisch ma unsre Hämdn angugn? Mir liefrn gerne och ma e bar Mustr", sagte sie in ihrem breiten sächsischen Dialekt. „Für besondre Kunden hammer och besondre Konditschon."

Überrascht schaute ich sie an und stellte mich vor: „Juliane Sintau, Kombinat „Schnelle Dienste" Berlin."

Ich sah ihre Gesichtszüge entgleisen. Dann lachte sie breit und herzlich.

„Isch dachte Se sin ausm Westn un wolln unsre Hämdn koofen. Rüschke, Vertrieb."

Sie reichte mir die Hand.

Mir fiel ein, was ich mit der Leiterin der Weißnäherei besprochen hatte.

„Aber vielleicht kommen wir ja doch ins Geschäft", sagte ich. „Da Ihre schicken Hemden ja nicht in unsere Läden, sondern nur in den Westen kommen, will unsere Weißnäherei für ein paar gute Kunden Hemden auf Maß nähen. Und ich suche Stoffe dafür, in verschiedenen

Farben, vielleicht Reste, die für Großserien zu wenig sind."

Ihre Augen leuchteten auf. „Nu, klar hammer solsche Reste. Die lieschn nur rum. En ganzes Larer voll. Die kennter ham. Nur abholn mister se eusch allene für e bar Mark."

Wir verabredeten, dass ich nach der Messe nach Aue kommen würde, die Stoffe auszusuchen. Wie schön das geklappt hatte!

Die Frauen in der Weißnäherei saßen oft tagelang ohne Arbeit nur herum, weil kein Material da war. Ich hatte mit der Leiterin der Weißnäherei oft versucht, eine Lösung zu finden. Und nun dieser Zufall, na, fein.

Frau Rüschke lud mich noch zum Kaffee ein und erzählte ein bisschen von ihren Problemen im Betrieb – unter Ostfrauen.

Am Nachmittag fuhr ich zum Messegelände. Die Elektrotechnik lag weit draußen, und ich musste etwas suchen.

„He, Juliane! Was machst du denn hier?"

Hagen, mein früherer und Herrn Freders jetziger Chef stand wie aus dem Boden gewachsen neben mir.

„Mann, hast du dich herausgemacht, boschemoi (russ. Ausruf: mein Gott)."

Er redete immer zwischendurch Russisch, um sich wichtig zu machen.

„Ich will euch besuchen, Herrn Freder, Horst, Werner, Sigrid und die anderen", erwiderte ich.

„Na, toll, willst du heute Abend mit mir essen gehen? Ich lade dich in ein ganz nobles Etablissement ein, destwitelno (wirklich, ehrlich). Und nachher, naja, posmotrim (wir werden sehen)."

„Danke, ich bin schon verabredet."

Also, Hagen Rabenau war ja auf den ersten Blick absolut mein Typ und machte seinem Namen Ehre: intelligent, groß, blond, durchtrainiert. Aber er ließ nichts aus, obwohl seine Frau auch im Betrieb arbeitete, und er hatte schon, als wir noch zusammen arbeiteten, alles Mögliche versucht, mich rumzukriegen. Einmal hatte er mich zu einem Treffen mit Geschäftspartnern aus der Ukraine mitgenommen, natürlich „nur" als Dolmetscherin. Und geradezu in Strömen floss der Wodka. Zum Schluss hatte ich im Café Moskau die Blumen damit gegossen und glücklicherweise allein ein Schwarztaxi erwischt. Hagen nahm mir wochenlang übel, dass ich ihm so entwischt war. Da waren mir die Geschäftsessen von Herrn Freder lieber.

„Aha, darf ich fragen, mit wem?" fragte Hagen.

„Darfst du nicht."

Wir gingen gemeinsam in die Halle, die Messestände wurden langsam geschlossen. Ich sah meine alten Kollegen. Vor der Geburt meiner

Tochter hatten wir in einer Abteilung gearbeitet.

Werner, der Medizinfan, hatte in den letzten Wochen meiner Schwangerschaft ein Blutdruckmessgerät aufgetrieben und führte nun Buch über den Blutdruck der Abteilung. Sigrid, die mütterliche, alleinstehende, kinderlose erkundigte sich nach meinen beiden Sprotten.

„Trinkt dein Mann immer noch so viel?" Sie kannte die leidige Geschichte. Sie hatte ihn erlebt, nach Paulines Geburt.

„Naja." Ich wollte nicht darüber sprechen. Nicht heute, nicht daran denken, der Tag war so schön.

„Na, Juliane, hattest du einen schönen Tag?" Herr Freder stand neben mir. Ich siezte ihn immer noch nach der langen Zeit. Ich hätte tatsächlich seine Tochter sein können.

„Wollen wir dann los?"

„Ja, klar." Ich schaute in Hagens Augen, die sich zu Schlitzen verengten.

„Na, schau mal einer an", meinte er auf Russisch. „Sie liebt's mit älteren Herren mit Schwimmring."

Hätte er es auf Deutsch gesagt, hätte ich ihm eine geklebt, aber die anderen hatten es zum Glück nicht verstanden.

„Ich habe Juliane zum Essen eingeladen", verkündete Herr Freder stolz.

„Na dann viel Spaß", riefen die anderen.

„Und wenn du mit Freder fertig bist, ich wohne im Hotel Krone", flüsterte Hagen mir zu.

Ich funkelte ihn wütend an und drehte mich doch nochmal zurück.

„Du, nie!"

Wir waren kurz im Quartier gewesen, ich hatte mich umgezogen und für den Abend zurecht gemacht. Meine Füße taten mir weh von den hohen Absätzen den ganzen Tag. Und das Wetter war auch noch nicht frühlingshaft.

Ich schaute in den Spiegel – als ob ich mit einem Liebhaber ausgehe. Aber bei Herrn Freder fühlte ich mich sicher. Er mochte mich eben sehr gern und ich ihn auch. Er hatte mir in der Vergangenheit schon viel geholfen. Ganz natürlich und selbstverständlich, wie ein Vater eben.

Er hatte unten in der Küche bei der Frau gewartet.

„Dass du dich für mich so schön machst!" rief er aus.

Wir fuhren im Taxi zum Universitätsgebäude – Weisheitszahn hieß es im Volksmund. Es ragte wie ein riesiger abgebrochener Zahn über die Dächer von Leipzig.

Da waren wir also. Und meine Füße... aber mit flachen Absätzen – nie!

Ganz oben gab es eine Bar, mehr ein Tanzrestaurant. Herr Freder hatte bestellt, und wir

bekamen einen Tisch in der Nähe der Tanzfläche. Jetzt erst merkte ich, wie hungrig und auch
müde ich war. Das Herumlaufen den ganzen
Tag in den Messehallen war dann doch ungewohnt.

Wir tranken einen leichten Weißwein. Zum Essen hatte Herr Freder Zander gewählt, als Vor-
speise Crevetten auf Feldsalat. Ich wusste erst
nicht was das war. Außer grünem Salat bekamen wir nichts anderes im Gemüseladen zu
kaufen. Die Crevetten schmeckten lecker, wie
unsere selbst gefangenen Krebse. Danach gab
es Erdbeeren an Weinschaumsößchen. Oh, wie
vornehm. Nicht nur eingezuckerte Erdbeeren
aus dem Garten mit Milch.

Schon bald fühlte ich mich wieder sehr wohl.
Herr Freder erzählte von seinen Verhandlungen
tagsüber.

„Nächsten Monat fahre ich wieder in die Tsche-
choslowakei zu unseren Geschäftspartnern in
Brno", sagte er.

Es war sein Gebiet. Die sozialistischen Länder
waren unter den Kollegen der Abteilung aufge-
teilt. Immer ein oder zwei Mitarbeiter bearbei-
teten ein Land und knüpften Geschäftskontakte
zu den Kooperationsfirmen. Meine Aufgabe war,
ihnen alle Reiseunterlagen, Visa, Pässe, Tickets,
Hotels, Geld in den entsprechenden Währungen
von der Außenhandelsbank etc. zu besorgen,

Flüge und Bahnfahrten zu buchen. Wenn Delegationen aus den Ländern zu uns kamen, musste ich ebenfalls Hotels und Tagungsräume buchen, Kulturprogramme und Mittag- bzw. Abendessen bestellen und Plätze in Restaurants reservieren, Rückflüge buchen und dafür sorgen, dass alles reibungslos lief und gegebenenfalls die Gäste zu Veranstaltungen begleiten. Es war eine abwechslungsreiche, verantwortungsvolle und interessante Arbeit, und ich spürte die Achtung der Kollegen, wenn ihre Reisen klappten, wie am Schnürchen.

Freder war sehr beliebt bei den Kollegen und Geschäftspartnern, weil er wirklich loyal war.

Er erzählte jetzt auch von seiner Datsche nördlich von Berlin, wo er seit acht Jahren baute und von seiner Familie. Freder hatte einen Sohn in meinem Alter und mir einmal verraten, dass er sich sehr eine Tochter gewünscht hätte, mit Petticoat, wie er meinte. Er führte ein ruhiges, zufriedenes Leben.

Zwischendurch forderte er mich zum Tanzen auf. Natürlich tanzte er wie von der alten Schule. Das kannte ich von den Betriebsvergnügen. Es machte einfach Spaß. Ich hatte als junges Mädel auch die Tanzschule besucht. Wir fühlten uns ganz ungezwungen, wie Vater und Tochter. Wir gingen wieder zu unserem Tisch und Herr Freder entschuldigte sich einen Moment. Allein auf meinem Platz genoss ich ganz bewusst diesen Abend und sah mich um. Die Umgebung gefiel mir. Geschmackvoll eingerichtet, besser als manche Gaststätte in Berlin. Es waren viele Geschäftsleute da, mehr Männer als Frauen. Sicher aus dem Ausland, ich hörte viele Sprachen.

Wann hatte ich schon mal Gelegenheit, so auszugehen? Das letzte Mal, bevor ich mit Pauline schwanger war, mit Holger, ihrem Vater. Aber er schaffte es nie, einen Abend halbwegs nüchtern zu beenden. Es machte einfach keinen Spaß mehr mit ihm.

Plötzlich bemerkte ich, wie zwei elegant gekleidete Herren über die Tanzfläche rutschten, rannten, auf mich zu schlitterten.

Was war denn das? Wollten die zu mir?

„Wir möchten Sie bitten, an unseren Tisch zu kommen", sagte der eine. „Sie machen so einen sympathischen Eindruck", fuhr der andere fort.

Na, also! Das hatte ich doch wohl am Nachmittag mit Hagen schon einmal hinter mich gebracht. Nicht schon wieder!

Etwas abweisend sagte ich: „Sie sehen doch, ich bin in Begleitung."

Nur war von Herrn Freder nicht viel zu sehen.

„Dann eben mit Ihrem Begleiter?"

„Nein!"

Glücklicherweise kam Herr Freder in dem Moment, und ich erklärte ihm schnell die Lage.

„Ja, möchtest du denn...? Aber es geht nicht", sagte er betreten. Er durfte doch außerhalb der Verhandlungen keinen Westkontakt haben. Und dass die aus dem Westen waren, sah man schon an den Anzügen.

„Darf ich dann wenigstens einmal mit Ihnen tanzen?" fragte der eine der beiden Herren.

„Fragen Sie meinen Begleiter", sagte ich unentschlossen und kam mir gleich ein bisschen blöd vor. Als ob ich nicht selber entscheiden könne. Herr Freder willigte natürlich ein, der Gute.

Mein Tänzer war aber auch, trotz der bodenlosen Frechheit, ein sehr charmanter Mensch und tanzen konnte er und plaudern...

Zwischendurch fragte er ganz vorsichtig, ob Herr Freder mein Mann sei. Ich erklärte es ihm. Da fragte er weiter, ob er mich unter diesen Umständen wiedersehen könne.

Ich verneinte, das ging ja wohl gar nicht - mit einem Westmann - und versuchte zu erklären, dass mir solch ein Kontakt verboten war. Er verstand wohl gar nicht oder nicht was ich meinte.

Also sagte ich tapfer: „Ich habe auch gar keine Zeit. Morgen um zehn hole ich eine Kollegin vom Berliner Zug ab und bin dann den ganzen Tag mit ihr zusammen." Ich erzählte von

meinem Modeberuf und dass wir uns Modenschauen ansehen wollten.

Er wollte mich nach dem Tanz noch weiter
überreden, an seinen Tisch zu kommen.

„Nein, das geht nicht, verstehen Sie denn
nicht?"

Ich setzte mich zu Herrn Freder. Plötzlich stand
er wieder an unserem Tisch, mit drei Sektglä-
sern.

„Sorry", sagte er, „ich habe mich Ihnen nicht
vorgestellt. Scabra, Victor Scabra aus Heilbronn." Und sich an Herrn Freder wendend:
„Verzeihen Sie, dass ich Ihnen Ihre bezaubern-
de Begleiterin entführt habe. Ich war so fasziniert, dass ich gern mit ihr tanzen wollte. Was
für ein Glück Sie haben, dass sie Sie begleitet."

Ich traute meinen Ohren nicht. So etwas hatte
noch nie jemand in meinem Beisein gesagt. Wie
im Traum fühlte ich mich. Dass mir so etwas
passierte? Das gab es doch nur im Film.

Er war vielleicht zehn Jahre älter als ich, groß,
schlank und hatte dunkles, an den Schläfen
leicht graues Haar und blaue Augen.

Wir tranken den Sekt und er schaute mich über
das Glas hinweg an, dass es mir durch und
durch ging. - Solche blauen Augen –

Meine Güte, Juliane, reiß dich zusammen.

Er verabschiedete sich, nicht ohne mir noch
einmal einen intensiven Blick zu schenken.

„Herr Freder, wir sollten gehen, es ist schon Mitternacht vorbei, und ich bin schrecklich müde."

„Na, Juliane, nur keine Aufregung", sagte Herr Freder. „Schon bei dem alten Goethe waren „Äuglichen" erlaubt."

Hatte er mich durchschaut, mein guter Freder. Was war denn schon dabei, da hatte er Recht. Es war zwar frech, aber charmant.

„Frau Sintau, es ist halb acht, das Frühstück ist fertig." Die Frau hatte eine durchdringende Stimme.

Ah, Sonne. Sie blinzelte durch die Vorhänge. Gestern hatte es den ganzen Tag fein geregnet. Ich schwang mich aus dem Bett. Ah, mein Kopf, ah, meine Füße. Ich konnte nicht sagen, was mehr wehtat.

Aber ich hatte meiner Kollegin versprochen, sie vom Bahnhof abzuholen. Ich öffnete das Fenster weit und atmete die kalte Luft. Das tat gut, und der Kopfschmerz verschwand, nachdem ich mir viel kaltes Wasser ins Gesicht geschaufelt hatte. Dusche gab es nicht, nur ein Waschbecken im Zimmer und auf dem Dachboden ein Verschlag mit einem Klo – ganz für mich allein. Aber preiswert war's.

„Möchten Sie Kaffee oder Milch? Ich kann Ihnen auch Tee machen. Na, so richtig munter sehen

Sie ja noch nicht aus." Die Frau schwatzte fröhlich drauflos.

„Wenn ich nachher geschminkt bin, sieht man das nicht mehr", meinte ich.

„Ihr jungen Frauen mit eurer Schminke, das ist nicht gut für die Haut. Mein Mann wollte früher nie, dass ich mich schminke."

Ich hatte mich für Kaffee entschieden, um richtig munter zu werden.

„Ihr müsst lieber nicht so lange herumscharwenzeln und die Nacht zum Tag machen."

Das Frühstück war Klasse, da kam kein Hotel mit, jedenfalls keines bei uns, das ich kannte. Frische, noch warme Brötchen, selbst gemachter Kräuterquark, die Kräuter frisch vom Fensterbrett. Vier verschiedene Sorten Käse, eingekochte Marmelade und köstliches Pflaumenmus, dazu zwei Eier im Glas mit Schinken und Schnittlauch. So lecker.

„Der Freder, das ist ein ganz feiner Mensch", sagte sie. „Den kenne ich schon, als mein Mann noch lebte. Der hat uns mal aus einer ganz verzwickten Situation geholfen. Meine Schwester ist doch im Westen. Er hat vermittelt, dass wir uns in Prag treffen konnten. Das vergesse ich ihm nie."

Ich dachte, wie unvorsichtig sie wäre, dass sie mir das einfach erzählte.

„Keine Angst", sagte sie. „Wenn Freder jemanden empfiehlt, dann ist das in Ordnung. Dann weiß ich, ob ich reden kann."

Was für ein Lob! Ja, Freder war ein feiner Mensch, dachte ich, und meine Hochachtung stieg noch mehr.

Dann musste ich los. Ich verabschiedete mich und dankte für ihre Fürsorge.

„Na, gern geschehen. Seit mein Mann tot ist, hab ich ja sonst keinen mehr zum Bemuttern. Kommen Sie zur nächsten Messe wieder."

Zwei Ecken weiter war die Straßenbahnhaltestelle. Ein uraltes Vehikel rumpelte die Schienen entlang. Bis zum Hauptbahnhof. Auf der Fahrt kam mir der gestrige Abend in den Sinn. Ich musste lächeln. Mir gegenüber saß eine alte Frau und lächelte wissend zurück. Nanu? Stand mir denn alles auf der Stirn? Als die Frau ausgestiegen war, schaute ich vorsichtig in meinen kleinen Taschenspiegel. Na toll, nur ein Auge getuscht, wie peinlich. Verena hätte sich köstlich amüsiert. Am Bahnhof rannte ich zur nächsten Toilette, um das zu richten, dann schnell zur Gepäckaufbewahrung, die Tasche abgeben. Hoffentlich war der Zug nicht überpünktlich. Außer Atem kam ich auf dem Bahnsteig an.

„Sie brauchen nicht so zu laufen, der Zug hat zwölf Minuten Verspätung."

Erschrocken drehte ich mich um und schaute in diese strahlenden blauen Augen.

„Guten Morgen!" Die Überraschung war ihm gelungen.

„Warten Sie auch auf jemanden?" fragte ich erstaunt.

„Kann man so sagen", sagte er, „auf eine junge Dame, die um zehn ihre Kollegin vom Berliner Zug abholen will." Er lächelte verschmitzt.

„Ich wollte die junge Dame fragen, ob sie mir die Freude macht, heute Abend mit mir zu essen. Ich habe um 19 Uhr einen Tisch bestellt, für sie und mich. Was meinen Sie, ob die junge Dame heute einwilligt?" Seine Augen bettelten. Wann hatte ich jemals so eine formvollendete Einladung bekommen? Und vor allem essen gehen. Holger würgte jeden meiner Wünsche mal nicht kochen zu müssen ab, indem er sagte, ich würde besser kochen, als jede Gaststätte.

„Aber, aber mein Zug… um 18 Uhr."

„Dann machen Sie mir mittags die Freude", hatte er sofort eine Alternative. Jetzt müsse er zu einer Präsentation, aber gegen 13.30 Uhr würde er mich im Hotel Astoria, natürlich dem größten und teuersten, zum Essen erwarten.

„Na, dann kommt wenigstens einer zu einem vernünftigen Essen."

Wie aus dem Boden gewachsen stand Verena neben mir. Der Zug war, ohne dass wir es bemerkt hatten, angekommen. Ich wurde feuerrot und stellte die beiden einander vor.

„Herr Scabra, aus…hm…Neustadt, meine Kollegin Rumex aus Berlin."

„Neustadt an der Dosse?" fragte Verena.

„Nein", sagte Herr Scabra.

Verena schaute ihn neugierig an.

„Im Harz", sagte er.

Verena bekam die Flunkerei nicht mit und war zufrieden. Sie nickte.

„Also, du gehst nachher essen, aber jetzt haben wir Karten für die Dessous-Modenschau. Habe ich gestern noch telefonisch organisiert. Komm, wir sind spät dran. Auf Wiedersehen."

Die Einen-Meter-Achtzig-Frau zog mich mit sich fort. „Hm, Dessous-Modenschau. Also bis Mittag", sagte Herr Scabra. „Ich freue mich."

Ich ärgerte mich über den Eindruck, den ich schon wieder bei Herrn Scabra hinterlassen musste, als ob ich nicht selbst entscheiden könnte. Dabei war das gar nicht meine Art.

„Lässt du vielleicht mal meinen Ärmel los", maulte ich Verena an. „Das sieht ja so aus, als ob mich die Stasi abführt."

Erschrocken ließ sie mich los.

„Neustadt im Harz, kenne ich gar nicht, du?" überlegte sie. „Eigentlich sieht er eher aus, wie aus dem Westen - Anzug, Mantel, na, vielleicht im Ex gekauft."

(Ex - In Exquisitläden gab es Mode aus dem Westen zu überhöhten Preisen)

Glücklicherweise waren wir bei unserer Modenschau angekommen, und Verena war abgelenkt. Es war sehr schön. Solche Wäsche hatte ich noch nie gesehen. Jedoch war ich mit meinen Gedanken überhaupt nicht bei der Sache.

Danach war Mittag. Scheinbar war Verena die Sache genauso wenig aus dem Kopf gegangen, wie mir. Jetzt funkte es bei ihr: „Astoria, das kann sich doch keiner von uns leisten. Natürlich im Westen, der Harz ist doch geteilt. Na, mein liebes Fräulein, du hast ja Humor. Wo hast du den denn aufgegabelt?"

„Das ist ein Geschäftspartner von meinem früheren Betrieb. Herr Freder kennt ihn schon lange."

„Und der Freder hatte nichts dagegen?"

„Nein. Ich will noch Tee kaufen, in diesem speziellen Teeladen", versuchte ich Verena abzulenken.

„Teeee", sagte sie gedehnt und griente. „Na, dann geh mal schön Teetrinken und lass dich nicht erwischen."

„Was du denkst, Freder hat gesagt, wir müssen weltoffener werden." Ich fühlte mich sehr unwohl, Verena zu belügen. Sie war doch meine beste Freundin. Am liebsten hätte ich jetzt die Verabredung abgesagt.

„Weltoffener, ja, dann schreib das in deinen Bericht, morgen."

„Bericht, über den da?"

„Eigentlich schon. Los, zisch ab, ich hab nichts gesehen. Wir waren die ganze Zeit zusammen. Also bis um sechs am Zug."

„Danke."

„Verknall dich nicht."

„Ach, Mensch, Verena..."

Ich kaufte wirklich noch Tee, teuren, duftenden aus dem Westen. Den gab es nur im „Delikat" (Lebensmittelläden, in denen westliche Lebensmittel, die es im Osten nicht gab, überteuert verkauft wurden, z.B. eine Flasche Orangensaft für 8 DDR-Mark, im Volksmund Freß-Ex genannt) oder in dem Teeladen in Leipzig.

Dann lief ich zum „Astoria". Glücklicherweise hatte ich meine Stiefel angezogen, die waren nicht so hochhackig. Und mit dem langen schwarzen Rock und dem tiefroten Blazer sah das trotzdem gut aus.

Als ich in die Halle kam, standen dort einige Geschäftsleute in mehreren Gruppen. Aus einer von ihnen löste sich Herr Scabra.

„Frau Sintau, schön dass Sie da sind." Er kam mir durch die Halle entgegen und strahlte mich mit seinen Strahleaugen an.

„Darf ich Juliane zu Ihnen sagen? Bitte sagen Sie Victor zu mir."

Ich willigte ein.

Er stellte mich einigen Herren vor.

„Frau Sintau aus Berlin."

Aha, die Firma Filler-Tec aus Stuttgart. Keiner fragte, ob Ost- oder Westberlin. Da stand auch der Herr, der gestern mit Victor über die Tanzfläche gerannt war.

„Oh", machte er und verbeugte sich.

„Das ist Herr Kissingen, mein guter Freund und Kollege aus Sindelfingen." Victor nahm mich am Arm etwas beiseite.

„Wenn Sie einverstanden sind, essen wir jetzt nur eine Kleinigkeit und abends richtig."

„Aber...", wollte ich widersprechen, doch Victor fiel mir ins Wort.

„Ihr Zug, ich weiß. Bitte bleiben Sie und essen mit mir zu Abend und fahren dann später."

„Ich weiß nicht", ließ ich es offen.

Im Hotel war ein Imbiss für die Herren vorbereitet.

Ich sah nur Männer, bei uns wären auch Frauen dabei gewesen.

Es gab lauter kleine, leckere Häppchen mit Belag, den es nicht einmal im Delikat gab. Irgendetwas, das wie Fisch aussah, aber wieder auch nicht. Ich zögerte und kam mir weltfremd vor.

„Das ist Krabbenfleisch", sagte Victor leise, meine Verlegenheit bemerkend. Köstlich. Ich probierte Kaviar. Den hatte Hagen auch schon einmal aus Moskau mitgebracht. Und feinen Lachsschinken, dachte ich, aber es war Fisch. Ich wollte mir nicht anmerken lassen, dass ich so etwas noch nie gesehen, geschweige denn gegessen hatte. Auch Früchte gab es, die für mich neu waren: In Scheiben geschnittene gelbe Sterne, Pfirsichstückchen, die harzig schmeckten und grasgrüne Halbkugeln mit schwarzen Punkten. Ich griff zu Weintrauben und war froh, dass es auch welche waren. Für Victor und seine Kollegen schien das alles normal, auch die unglaubliche Fülle des Buffets. Ich war satt vom Hinsehen.

Victor fragte mich beiläufig, ob es möglich wäre, in unserem Betrieb Anzüge für seine Kollegen zu nähen. Ich wusste es nicht. Aber schon die Vorstellung, wie ich unserem Betriebsdirektor beibringen könnte, dass wir für westdeutsche Geschäftsleute arbeiten sollten, erschien mir unwegsam. Ich nahm mir vor, es zu prüfen. Eigentlich wäre es doch ganz schön für unseren Betrieb, auf diese Weise Devisen zu erwirtschaften. Und für Filler-Tec wäre es auch ein Geschäft. So billig konnten sie keine Maßanzüge nähen lassen.

„Herr Scabra, Sie denken doch an das Konzert heute Abend im Gewandhaus? Wir haben mit viel Glück Karten ergattert, zu einem sündhaften Preis. Na, uns Westlern zieht man hier das Geld aus der Tasche, nicht wahr, Frau äh…" Ein älterer Herr war herangetreten und schaute mich spitz über seine Brille hinweg an. Ich fühlte förmlich, wie ich kleiner wurde.

„Ja, natürlich, Herr Pahl", sagte Victor.

Ja, ja, nicht nur uns hatte man unter Kontrolle, die Westler sich auch. Also nichts von wegen Abendessen.

„Kommen Sie, Juliane", Victor zog mich beiseite. „Ich habe eine Überraschung für Sie. Ich lade Sie zur Extravagant-Modenschau ein und danach zur Verhandlung. Wir versuchen Sie mit hinein zu nehmen, es wird niemand merken."

Die Extravagant-Modenschau! Überredet.

Da saß ich nun als West-Dame neben West-Herren in der ersten Reihe, ganz rechts der Direktor von Extravagant-Moden, der uns begrüßt hatte und mir jetzt huldvoll zulächelte. Wenn der wüsste…

Am Eingang war mir ein bisschen mulmig, ob die Aufgetakelte mich erkennen würde. Aber ich drehte mich zur Seite, und sie lächelte selbstgefällig über mich hinweg.

Das war etwas anderes, als unsere Kleider, viel eleganter. Die meisten Modelle hätte man nie anziehen können bei uns, nicht mal ins Theater. Bei einem besonders hübschen Kleid flüsterte Victor, das würde mir sicher gut stehen. Er nahm meine Hand. Es ging mir durch und durch.

Die Zeit verging wie im Flug. Die Verhandlung beim Direktor zog sich hin. Ich beobachtete, mit welchem Geschick Victor und die anderen Herren die Verhandlung führten. Sie versuchten dem Direktor zu erklären, wie vorteilhaft sich Preisschilder an den Extravagant-Modellen machen würden, die man mit Computer lesen könne. Manchmal lächelte Victor mit einem Seitenblick zu mir. Wie plump dagegen dieser Direktor war. Wollte er oder konnte er nicht verstehen? Dabei vertrat er doch die Interessen seiner Firma! Ein Mann in seiner Position mit zu engem, schlecht sitzendem Konfektionsanzug – welcher Hohn. Daneben diese eleganten, diplomatischen Herren.

Nach der Verhandlung war es Zeit für mich, zum Bahnhof zu gehen. Wie schade. Zu gern hätte ich mit Victor noch ein bisschen Zeit verbracht, etwas über sein Leben erfahren. Heilbronn – ich kannte nur Kätchen von Heilbronn. Wie lebte er dort? War sein Leben so anders als unseres? Mir fiel ein, dass wir sicher nie wieder eine Chance haben würden, uns zu sehen. Denn auch er war am Abend verabredet.

Victor begleitete mich zum Bahnhof. Plötzlich blieb er stehen und nahm meine Hand und ließ sie nicht mehr los.

„Juliane, bitte bleiben Sie!"

„Ich kann nicht, Sie wissen ja nicht...", stotterte ich. Ich wollte ihm nicht sagen, dass es verboten war. „Ich habe gar nichts anzuziehen, sehe müde aus. Ich war nur für zwei Tage eingerichtet..."

„Juliane, Sie gefallen mir so, wie Sie sind. Aber wenn Sie wollen, können Sie auch mein Zimmer benutzen, ein Föhn ist da." Er kämpfte.

„Und wissen Sie", sagte er langsam und schaute mich verzweifelt an, „es gibt vielleicht nie wieder die Chance, uns zu sehen."

Meine Gedanken!

Wir gingen weiter. Er hielt meine Hand immer noch fest, ließ sie auch nicht los, als wir die Tasche geholt hatten. So fest, als ob er mich nicht loslassen dürfte, mich retten müsste.

„Juliane, bleib", flüsterte er im Menschengewühl stehenbleibend. Jetzt hatte er wieder meine beiden Hände gefasst. Ich sah auf unsere Hände, wie auf ein Symbol. Langsam hob ich die Augen, sah seinen ernsten Mund, seinen traurigen Blick aus jetzt tiefblauen Augen. Er kam näher, drückte meine Hände mit einer Hand an sein Herz, die andere zog meine Schulter zu sich.

„Gehe ich recht in der Annahme, dass ich allein mit dem Zug fahren werde?" Verena stand direkt neben uns. Wir hatten sie nicht bemerkt auf unserer einsamen Insel. Erschrocken und verlegen fuhren wir auseinander.

Victor fing sich sofort wieder.

„Sie gehen recht", antwortete er.

„Verena...", mir blieben die Worte im Hals stecken.

„Bis morgen früh im Büro", sagte sie, drehte sich um und ging zum Bahnsteig. Am liebsten wäre ich hinter ihr hergerannt. Ich wusste, sie würde dichthalten. Aber sicher war sie sauer, den ganzen Tag allein und jetzt auch noch auf der Heimfahrt. Wegen Holger machte ich mir keine Sorgen. Der würde die Kinder ins Bett bringen und dann betrunken und schnarchend vor dem Fernseher liegen wie immer, ob ich nun jetzt oder später fuhr. Aber trotzdem...

Völlig aus der Fassung geraten stand ich da. Victor nahm meine Hand und küsste sie. Dann nahm er voller Freude meinen Kopf in seine beiden Hände und küsste mich stürmisch auf den Mund.

,Westmänner küssen genauso wie Ostmänner', fuhr es mir durch den Kopf. Er schwang mich herum und nahm meine Tasche.

„Aber Ihr Konzert...?"

„Dein Konzert, Juliane, sag du. Das wird sicher auch ohne mich sehr erfolgreich stattfinden."

Er lachte wie ein Lausbub. Wie jung er jetzt aussah! Mitte vierzig? Im Leben nicht.

Langsam nahm Juliane wieder in mir Platz. Kein Gedanke an irgendwelche Folgen. Nur helle Freude, wie als Kind, etwas geschenkt bekommen zu haben. Wie, als ich Mutti Kuchen aus der Küche stibitzte und ihn heimlich draußen in meinem Versteck unter dem Balkon aufaß.

Wir liefen zum „Astoria". Victor gab mir den Schlüssel zu seinem Zimmer.

„Ich bin in der Halle", sagte er.

Im Zimmer ging ich zuerst ans Telefon und wählte meine Berliner Nummer. Es dauerte eine ganze Weile, bis Holger abnahm. Fast konnte ich seine Fahne riechen. Er hatte so eine Art, besonders gewählt zu reden, wenn er nicht mehr nüchtern war. Einen Knoten in die Zunge machen, nannte ich das. Auch jetzt. Vier Flaschen Bier, schätzte ich. Ich sagte ihm, dass die Modenschau für die wir Karten hätten, erst um 20 Uhr anfangen würde.

„Du musst ja wissen, was du tust, du berufstätige Mutter. Für deine Kinder keine Zeit, die Frau Abteilungsleiterin", zeterte er. „Das kann nicht Deine Kollegin übernehmen? Die kann doch sonst alles."

„Es sind unsere Modelle, das weißt du!" Auch wenn es nicht so war, es hätte so sein können, und er hätte genauso reagiert. Er gönnte mir keinen Erfolg.

„Ich bin doch sonst immer zu Hause. Nie musst du dich um die Kinder kümmern, nur um deinen eigenen Rausch." So etwas hatte ich noch nie zu ihm gesagt, immer alles geschluckt. Trotzig knallte ich den Hörer auf. Und saß einen Moment still.

Ein seltsames Gefühl durchströmte mich. Nicht denken, nicht denken. Es ist ein Märchen und du träumst das nur. Morgen früh wachst du in deinem Bett auf wie immer. Aber jetzt möchtest du zum Augenblicke sagen: „...verweile doch, du bist so schön."

Schnell schlüpfte ich unter die Dusche. Das tat gut nach den zwei Tagen. Da lagen Victors Sachen, Rasierzeug, eine edle lederne Kulturtasche, ein kleiner, eleganter, schwarzer Koffer. Auf dem Bügel hing der dunkle, zweireihige Nadelstreifenanzug, den er gestern Abend angehabt hatte. Ich schnupperte und erinnerte mich an seinen Duft gestern beim Tanzen.

Ich schlüpfte in mein dunkelblaues Kostüm und die weiße Bluse, die von der Tasche etwas zerdrückt war, föhnte meine kurzen Haare frech-strubbelig in Form, zog die hochhackigen Pumps an. Noch etwas Rouge auf die müden

Wangen, ein Tropfen Parfüm hinters Ohr, fertig. Ich ließ meine Reisetasche stehen.

Kritisch betrachtete ich mich im Fahrstuhlspiegel. Der enge, relativ lange Rock mit dem Seitenschlitz saß genau richtig und wirkte mit der kurzen Jacke mit Schalkragen sehr elegant. Gut, befand ich, passend. Ich? Nicht aus dem Hotel, nicht aus dem Westen? Im Leben nicht.

Als ich aus dem Fahrstuhl trat, erwartete Victor mich mit seinem strahlenden Lächeln.

- Solche blauen Augen –

Er kam an mein Ohr und schnupperte.

„Hm", machte er zufrieden. „Wohin? Goethe, Auerbachs Keller?"

Sieh mal an, Herr Scabra hat Weltliteratur gelesen. Natürlich fährt man im Taxi mit solchen Absätzen, als Mann von Welt weiß man das. Bei meinem Mann hätte ich nur Lob verdient, wenn ich gelaufen wäre.

Und so entstieg ich völlig ungestresst und ohne Blasen an den Füßen dem Gefährt, galant hielt Victor meine Hand – Märchen – so etwas gibt's nicht im Leben, in meinem jedenfalls nicht.

„Ich muss dich nun vor allen Dingen in lustige Gesellschaft bringen", deklamierte Victor, „Mephisto mit Faust in Auerbachs Keller."

Ich amüsierte mich.

Das Kellergewölbe empfing uns in Form einer Konsum-Gaststätte.

„Magst du Rotwein oder lieber weißen?"

„Beides, nur nicht zu süß."

Er winkte dem Kellner. Alles war für heute schon aus, nur einen süßen ungarischen Wein hätte er noch. Auf der Speisekarte sah es nicht viel anders aus. Es wäre noch Broiler (DDR-Bezeichnung für gegrilltes Hähnchen) oder Gulasch mit Kartoffeln.

„Nein, das müssen wir uns nicht antun. Ich weiß was Besseres. Wozu habe ich noch die anderen blauen Scheine in der Tasche", meinte Victor leise zu mir und laut: „Nein danke, wir hätten gern ein Taxi zurück zum Astoria."

„Taxi können wir nicht anrufen, unser Telefon ist gestört", sagte der Kellner pikiert.

Mal wieder typisch, da muss sich diese Weltstadt Leipzig doch tatsächlich von ihrer allerbesten Seite zeigen.

„Geht es?" fragte Victor mit einem besorgten Blick auf meine Schuhe.

„Ich werd's schon schaffen als gelernte Ostfrau." Es war auch gar nicht weit.

„Gnädige Frau, darf ich Ihnen den Mantel abnehmen?"

Mein Gott, der Junge überschlug sich. Was doch das Wissen um die blauen Scheine in der Tasche des Gastes ausmachte. Welten!

„Möchten Sie speisen, darf ich Ihnen die Wein-
karte bringen? Heute können wir Ihnen etwas
ganz besonderes empfehlen – Fasan auf Spar-
gelspitzen, dazu Herzoginnenkartoffeln."

Hoffentlich stand mein Mund nicht allzu weit
offen. Ich schielte auf den Preis auf der Karte.
Oh, je.

„Mach dir darüber keine Gedanken", sagte er.

„So, kannst du mich jetzt von der Steuer abset-
zen, ist das ein Geschäftsessen?" platzte ich
heraus und wurde garantiert knallrot.

Er lächelte.

„An so einem einmaligen Tag kann man nur
einmalige Dinge tun", sagte er leise und nahm
wieder meine Hand.

Was für ein Satz!

„Wir hätten gern Champagner zu Beginn." Er
nannte einen Namen auf Französisch.

„Sehr wohl."

Die haben den tatsächlich! Welten - dachte ich.

Der Champagner kam in einem Kübel mit Eis,
und der Ober schenkte ihn in schön geschliffe-
ne Gläser ein. Victor war zufrieden.

Wir saßen an einem ovalen Tisch, der umgeben
von Pflanzen etwas separat stand, fast
nebeneinander und konnten uns doch anschau-
en.

„Königin Juliana der Niederlande war eine güti-
ge, weise Herrscherin", Victor hatte sein Glas

erhoben, „die ich für ihren Mut, für ihr Volk ein-
zustehen, sehr bewundert habe. Ich möchte
jetzt auf eine nicht weniger mutige Juliane trinken, die sich für mich allein in Gefahr begeben
hat."

Was für ein Trinkspruch! Ich schaute ihn erstaunt an.

„Ich möchte darauf trinken, dass uns diese Reise nur Glück bringt", erwiderte ich.

Der Champagner rieselte in meine Kehle wie
ein Jauchzen.

Victor nahm wieder meine Hand und küsste sie.
Mein Magen war wie zugeschnürt. Ich spürte
ein leises Vibrieren in mir. Ich sah aber auch,
dass Victors Lippen leicht zitterten. Nein, ich
wollte mich dagegen wehren. Also fragte ich
ihn, wie er gestern auf diese Idee gekommen
wäre, das war ja wohl äußerst ungewöhnlich, zu
zweit eine Frau aufzufordern.

„Nun", Victor senkte verschämt den Kopf, „wir
hatten gewettet. Kissingen wollte zuerst mit dir
tanzen. Ich habe gewettet, du würdest nicht mit
ihm tanzen."

„Und dann? Du hast doch aber gefragt?"

„Ja, natürlich wollte ich mit dir tanzen. Weil mir
gefallen hat, wie du tanztest, aber ich war fest
überzeugt, einen Korb zu erhalten."

„Aber wer hat dann die Wette gewonnen?"
„Ich."

„Warum?"

„Nicht weil du mit mir getanzt hast, sondern weil du Kissingen einen Korb gegeben hast. Ich habe dich ihm nicht gegönnt", gab er zu.

„Männerspiele."

„Zu dem Zeitpunkt ja, vielleicht. Aber schon als wir tanzten – da war etwas, was ich als ganz junger Mann einmal empfunden habe. Eine vollständige Harmonie. Das Mädchen ist damals leider mit ihren Eltern weggezogen. Ich habe sie nie mehr gesehen, dieses Gefühl niemals wieder gehabt, auch bei meiner Frau nicht. Ich konnte dich einfach nicht gehen lassen, weißt du?"

Seine Hände waren jetzt eiskalt.

„Geh nicht einfach so weg, Juliane." Seine Stimme war heiser, seine Augen groß und dunkel.

„Ich..." Ich spürte sein Verlangen und fühlte mich zerrissen. Wir wollten doch nur reden! Glücklicherweise kam das Essen.

Jetzt war ich doch hungrig und es duftete köstlich. Dazu gab es einen leichten Weißwein.

Weißherbst stand auf der Flasche. Aber wir haben Frühling, dachte ich verwirrt. Und dachte, dass ich ihn ablenken wollte. Ich fragte ihn nach seinem Zuhause, nach Heilbronn.

„Ich möchte gern mehr über dich wissen, wo du lebst. Wo liegt Heilbronn?" fragte ich.

„Heilbronn?" sagte er, überrascht über die Wendung des Gesprächs. „Etwas nördlich von Stuttgart. Eigentlich stamme ich aus der Hohenloher Ebene. Das ist eine liebliche Landschaft am nördlichen Rand von Baden-Württemberg. Dort bin ich aufgewachsen, meine Eltern leben immer noch in dem alten Haus. Ich bin begeistert Fahrrad gefahren und im Fluss geschwommen, habe geangelt und Krebse gefangen."

Wie ich als Kind.

„Mein Vater hat im selben Betrieb als Elektroingenieur gearbeitet, wie ich jetzt."

„Bist du auch Ingenieur?"

„Ja, gelernt habe ich Elektriker im Betrieb, dann Elektronik studiert und später nebenbei eine kaufmännische Ausbildung gemacht. Deshalb bin ich jetzt im Exportbereich."

„Und deine Mutter?"

„Sie ist Pianistin, bis heute. Nicht sehr bekannt, aber sehr gut. Genau wie meine Schwester, die Konzertvioline im Konzerthaus Bamberg spielt."

„Eine künstlerische Familie", bewunderte ich ihn.

„Ja, mein Vater ist auch musikalisch. Er hat in seiner Jugend Saxophon in einer Band gespielt."

„Und du?"

„Och, nur ein bisschen Klavier. Keine Zeit. Spielst du ein Instrument?" drehte er den Fragespieß jetzt um.

„Flohwalzer auf dem Klavier. Übrigens ist mein Vater auch Elektroingenieur."

Er schmunzelte, hob sein Weinglas. „Auf die Väter", sagte er.

„Auch auf dich?"

„Du meinst, ob ich Vater bin. Ja, bin ich, von einer Tochter. Kathleen. Meine Frau heißt Birgit und ist seit einem Unfall querschnittsgelähmt und geistig behindert. Sie lebt in einem Stift. Kathleen studiert in Hamburg, und nein, ich habe keine Freundin. Schmeckt dir das Essen, du sagst gar nichts."

Die letzten Sätze hatte er wie hingespuckt. Ich war betroffen, ein einsamer Mann, wie es schien.

„Oh, ja, es ist köstlich." Tatsächlich merkte ich kaum was ich aß, und jetzt wusste ich auch nicht mehr was ich sagen sollte.

Plötzlich ertönte leise Klaviermusik.

„Schön! Schumann, die Träumerei", sagte Victor. Wir hörten schweigend zu und genossen das wunderbare Essen.

„Und du?" fragte er, als die Musik geendet hatte.

Ich erzählte von meinen Kindern, von meiner Jugend an Wald und Wasser, südlich von Berlin, scheinbar genauso lieblich wie die Landschaft seiner Jugend.

„Und dein Mann?"

Ich hatte das Thema ausgespart.

„Bauingenieur."

„Bist du glücklich?"

„Ja...", sagte ich gedehnt, und nach einer Weile:

„Er ist Alkoholiker." Ich schaute zur Seite.

„Magst du ein Dessert?"

Ich war ihm dankbar für diese Frage, schüttelte aber den Kopf.

Die Musik hatte wieder eingesetzt. Der Pianist spielte Chopin. Wir lauschten.

„Ich lese sehr gern", sagte Victor dann.

„Ich auch.

„Und ich handwerkle gern, alles Mögliche."

Ich sah auf seine Hände, man sah es ihnen nicht an. Schöne männliche Hände mit langen, schlanken Fingern.

„Was liest du gern?" fragte ich.

„Ach, querbeet, Simmel zum Beispiel."

„Ja, ich auch!" rief ich aus und erzählte ihm, wie kompliziert es war, an so ein Buch zu gelangen. Ich hatte zwei Romane von Simmel gelesen, die meine Oma heimlich aus Westberlin mitgebracht hatte. Aber es war gefährlich. Solche Literatur war verboten.

„Ich habe oben im Zimmer gerade einen Simmel dabei, den schenke ich dir." Er war begeistert,

dass er ein Geschenk für mich hatte, zur Erinnerung. „Es heißt ‚Die Antwort kennt nur der
Wind‘.“

„Ja, vielen Dank“, freute ich mich. „Ich habe
auch ein Geschenk für dich. Magst du Tee?“

„Ja, sehr gerne, vor allem zum Frühstück, ich
bin kein Kaffeetrinker.“

„Dann ist meine „Morgenbrise“ ja genau richtig.“ Kurz entschlossen wollte ich ihm den Tee
aus dem Teeladen zur Erinnerung mitgeben.

„Den trinke ich jeden Morgen und denke an
dich“, sagte er und nahm wieder meine Hand.

Es war elf geworden. Kurz vor zwölf würde mein
Zug fahren.

Victor hatte meinen Blick auf die Uhr gesehen.

„Wir gehen langsam deine Tasche holen“, sagte
er leise und winkte den Ober heran. Der brachte noch zwei Schalen Champagner zum Abschluss. Ich war gelöst, fröhlich und traurig zu-
gleich.

Als wir in die Halle kamen, erklang dezent der
Strauß-Walzer „Rosen aus dem Süden“ aus
dem Lautsprecher.

In den Sesseln saßen zwei ältere Damen, sonst
war die reichlich mit Pflanzen geschmückte Halle leer.

Victor griff um meine Taille und zog mich in den
wiegenden Schritt des Walzers hinein. Wie im
Traum lag ich in seinem Arm, spürte seinen

Duft und seine Hände. Die alten Damen lächelten.

„Juliane", flüsterte er an meinem Ohr. Hatte jemals jemand so meinen Namen gesagt? Die beiden Damen schmunzelten. Victor tanzte zum Lift, der kam, die Türen gingen auf, ein Mann sprang grinsend heraus, wir tanzten hinein, und mit großen fragenden Augen legte Victor seine Lippen auf meinen Mund. Wir sahen uns unentwegt an, bis die Türen wieder aufgingen. Was für ein Traum!

Er schloss das Zimmer auf. Jetzt sah ich, dass auf dem Nachttisch das Buch lag.

Er nahm aus seinem Jackett einen Füllfederhalter und schrieb etwas auf die erste Innenseite.

„Die Antwort kennt nur der Wind, Juliane", sagte er und gab mir das Buch.

Ich wollte in meine Tasche hinter mir greifen, um ihm den Tee zu schenken, aber in der Drehung verlor ich etwas das Gleichgewicht. Er fing mich auf. Es durchrieselte mich. Ich schaute auf seine Lippen, in seine Augen. Langsam kamen unsere Gesichter auf einander zu.

„Nein, ich darf nicht", hauchte ich und schloss die Augen.

„Doch du darfst, wenn du es willst. Kein Mann und kein Staat haben ein Recht, dich davon abzuhalten."

Unsere Lippen berührten sich, erst ganz scheu, ganz zart, Aug in Aug. Ich fühlte seinen Körper nahe an meinem.

„Mein Zug", flüsterte ich.

„Der findet auch ohne dich den Weg nach Berlin."

Er küsste meine Augen, meine Hand, wieder meinen Mund. Er nahm mich in den Arm und schaute mich fragend an. Ich nickte nur.

Er summte leise die Melodie des Walzers und wir begannen uns wieder langsam zu drehen. Unsere Körper streichelten einander im Tanzen. Er fuhr mir mit den Fingerspitzen über den Hals, die Schultern. Es durchschauerte mich wieder und wieder. Wie Ertrinkende hielten wir uns aneinander fest, liebten uns, zärtlich sehnend. Ich wollte sein Bild in mich aufsaugen. Victor, verschwinde nicht, sei kein Märchen. Vor meinen Augen verschwamm es. Er streichelte die Tränen weg, zog mich an sich und seufzte leise.

„Ach, du. Es gibt nichts Schöneres."

„Ja."

Um 3 Uhr brachte er mich zum Zug. Wir sprachen nicht, küssten uns nur zum Abschied. Was sollten wir sagen, es gab nichts mehr.

Im Zug hatte ich ein Abteil für mich. Ich knipste die Leselampe an und nahm das Buch aus der Tasche. Darunter sah ich voller Enttäuschung den Tee liegen. Nun hatte er keine Erinnerung an mich.

Ich schlug das Buch auf.

„Vergiss mich nicht, V.", stand dort.

Ich ließ die Tränen fließen. Alles floss mit ihnen aus mir heraus. Mein Leben und dieser Abschied.

Zu Hause schlüpfte ich für eine halbe Stunde in mein Bett.

Neben mir schnarchte Holger, stank nach Alkohol. Das letzte Mal war er vor einem halben Jahr auf mir eingeschlafen. Er ekelte mich.

Um halb sieben stand ich wieder auf, weckte die Kinder und machte uns für den Tag fertig.

Verdammt viel Leuchten in den Augen für eine Dienstreise, bemerkte ich beim Blick in den Spiegel. Ich schlüpfte in meine Alltagssachen und war wieder die alte Juliane. Alles andere war ein Märchen, mein Märchen. Daran würde ich denken, wenn ich traurig war oder allein.

Die Kinder alberten herum.

„Pst, Papa schläft noch."

Pauline hing mir am Hals.

„Mama, bleib nicht wieder so lange weg. Papa gibt uns immer so olle Wurst zum Abendbrot."

Wenn das ihre einzige Sorge war!

„Bei dir ist das besser", sagte Andreas, „du brätst die Wurst auf, wenn sie verfault ist."

„Andi, doch nicht wenn sie verfault ist", lachte ich.

Und zu Pauli:

„Nein, es gibt nur manchmal Dienstreisen, mein Schatz. Aber Papa ist doch genauso lieb zu euch."

„Ja, aber der schläft immer vor dem Fernseher", sagte Andi. „Und der riecht nach Bier, bäh."

„Papa muss eben viel arbeiten, da ist er oft müde."

Andreas schob ab in die Schule, und ich setzte Pauline vor mich auf das Fahrrad. Der Kindergarten war ganz in der Nähe meines Betriebes und am besten mit dem Fahrrad zu erreichen. Vor allem waren wir noch ein paar Minuten ganz allein und an der frischen Luft. Und es tat meiner Linie gut.

Pauline schnatterte fröhlich vor sich hin. Es war zwar noch kühl, aber die Luft tat mir wirklich gut. Die letzte Müdigkeit verflog.

Im Kindergarten zog ich Pauline schnell den warmen Schneeanzug aus, und sie hopste zu ihren Kindern. Schwester Magdalena kam auf mich zu. Es war ein katholischer Kindergarten, und Pauline war hier gut aufgehoben. Die scheelen Blicke der Genossen waren mir egal. Ich hatte auch keinen Platz in einem anderen Kindergarten bekommen.

„Frau Sintau", sagte Schwester Magdalena, „Ihr Mann war gestern erst viertel nach sechs hier. Das geht nicht. Wir haben auch Feierabend. Und Pauline ist seit früh um sieben hier gewesen."

Sie war eine schlanke junge Frau in meinem Alter in einer schwarzen Schwesterntracht.

„Ich war auf Dienstreise", meinte ich betreten. „Sonst hole ich sie ja auch pünktlich kurz nach vier. Und früh ist sie erst kurz vor acht hier."

„Ja, ich weiß, Frau Sintau, aber Ihr Mann muss auch pünktlich sein. Und noch etwas: Wenn er betrunken ist, sollte er Pauline nicht holen. Gestern ging es gerade noch so, aber er war sehr angeheitert. Sprechen Sie bitte mit ihm darüber."

Ich lief rot an. Mein Gott, war mir das peinlich.

„Ich..., äh, er hatte gestern eine Feier im Betrieb, er ist ausgezeichnet worden. Entschuldigen Sie bitte, es wird nicht wieder vorkommen", stotterte ich.

Wütend schwang ich mich auf mein Fahrrad. Dieser Mistkerl, aber mich an meine Mutterpflichten erinnern. Glücklicherweise hatte ich den ganzen Tag im Betrieb keine Zeit daran zu denken. An meinem Arbeitsplatz begrüßte mich lächelnd Verena.

„Wir sollen zum Chef kommen, Auswertung der Messe."

Ich musterte sie. Ob sie gepetzt hatte? So kannte ich sie eigentlich nicht.

Herr Meier saß in seinem Chefsessel, wie ein kleiner König und wälzte wichtig die Unterschriftenmappe.

„Nun, Frau Sintau, wie war die Messe?" begrüßte er mich.

„Sehr interessant und erfolgreich." Ich erzählte von den Möglichkeiten, die sich für die Weißnäherei boten, und dass ich mit Aue bald einen Termin ausmachen wollte, natürlich nur mit seiner, Herrn Meiers Zustimmung. Er nickte.

„Und dann habe ich Vertreter der Firma Filler-Tec aus Stuttgart durch Zufall kennengelernt."

Herr Meier riss die Augen auf. Scheinbar wusste er noch nichts. Egal, Angriff war die beste Verteidigung, wenn doch …

„Sie interessieren sich dafür, Anzüge für ihre Leute in der Herrenmaßschneiderei fertigen zu lassen. Ich dachte, es wäre eine gute Möglichkeit für unseren Betrieb, Devisen zu erwirtschaften."

Verena sah mich verdutzt an und pfiff leise anerkennend durch die Zähne.

„Frau Sintau, das war aber nicht Ihr Auftrag", krähte Meier. „Da haben Sie Ihre Kompetenzen wohl ein bisschen überschritten. Sie sind hier nicht der Betriebsdirektor. Die Sache mit Aue ist ja ganz hübsch. Machen Sie bitte einen schriftlichen Bericht bis heute Nachmittag. Wir werden das dann in der Parteileitung beraten.

Als wir wieder in unserem Zimmer saßen, griente Verena schelmisch zu mir herüber.

„Willst du deine Eroberung mit in den Bericht aufnehmen? Keine Angst, von mir erfährt keiner was. War's wenigstens schön?"

„Traumhaft."

„Das mit Aue und mit den Anzügen hast du ja toll hinbekommen. Na, du brauchst den Männern nur mit deinen rehbraunen Augen zu kommen, und schon lecken sie dir die Füße."

„Das habe ich bei Meier gerade gesehen. Übrigens, in Aue, das war eine Frau."

Ich ging in die Weißnäherei und besprach mit der Leiterin die Möglichkeiten, die sich durch meine Messekontakte boten. Sie war begeistert.

„Mensch, Frau Sintau, das ist ja toll. Wir werden gleich Schnitte machen und Preislisten erarbeiten."

Sie machte Kaffee, und ich erzählte ein bisschen von der Messe, natürlich nur das Offizielle. Sie war eine nette Frau mit dem Herz auf dem richtigen Fleck und Courage, für ihre Näherinnen das durchzusetzen, was möglich war. Wir mochten uns gegenseitig.

Sie bat mich noch, mit den Kollegen der Normung zu telefonieren, um neue Normen und

Zeiten für die Weißnäherei festlegen zu lassen. Ich sagte es ihr zu.

Wieder in meinem Büro schlug ich mich mit ein paar Kunden herum, die wegen Reklamationen anriefen. Die Näherinnen aus der Reparaturwerkstatt hatten gepfuscht. Ich nahm mir vor, gleich am nächsten Morgen in der Werkstatt vorbeizufahren.

Nachmittags erzählte mir Verena, dass der Meier sie nochmal angerufen hätte und sich abfällig über meine Aktivitäten auf der Messe ausgelassen habe.

„Der kann nur nicht haben, dass es nicht seine Ideen sind", meinte sie.

Ich überlegte, wie man ihm unterjubeln könnte, dass es doch seine Ideen gewesen wären, rief die Leiterin der Weißnäherei noch einmal an und erzählte ihr die Sachlage. Sie meinte, sie würde gleich zurückrufen. Kurz darauf klingelte das Telefon wieder, und sie sagte, sie hätte mit Meier gesprochen und sich für seine tolle Idee mit dem Hemdenstoff aus Aue bedankt. Er sei vor Freundlichkeit fast durchs Telefon gerutscht.

„Wann fahren Sie, Frau Sintau?"

„Na, so schnell es geht."

„Toll!"

Ich schrieb noch meinen Messebericht. Dann fuhr ich zum Kindergarten, damit Pauli heute ganz pünktlich abgeholt würde.

Beim Strampeln stellte ich fest, dass ich den ganzen Tag überhaupt nicht müde gewesen war. Schön, aber heute würde ich zeitig schlafen gehen. Andi war schon zu Hause. Er schimpfte auf einen Klassenkameraden, der ihm einen Dreiangel in den Anorak gerissen hätte.

„Und du hast natürlich nichts gemacht?"

„Neeein!"

Ich nahm Nähzeug und behob den Schaden so gut es ging. Da bemerkte ich, dass der Anorak voller Asche war.

„Sag mal, mein lieber Freund, hast du etwa schon wieder in den Mülltonnen gewühlt?"

Andi stand vor mir wie ein Häschen, kein Engel so rein. Er hatte einmal beim Müll hinunterschaffen ein Spielzeug in der Mülltonne gefunden. Seitdem waren die seine große Leidenschaft. Leider warfen die Leute jedoch sehr selten Spielzeug, dafür viel mehr Abfall und Asche in die Tonnen. Meine Hoffnung war die Zeit. Mein Vater hatte zu mir gesagt, dass er das in zehn Jahren sicher nicht mehr machen würde.

Beim Abendbrot mit den Kindern - ich hatte zu ihrer großen Freude Spaghetti gekocht - hörte ich, wie Holger die Tür aufschloss. Inzwischen erkannte ich schon am Schlüsseldrehen, ob er nüchtern oder betrunken war. Er war tatsächlich nüchtern.

„Na, kümmerst du dich endlich mal wieder um deine Kinder? Verwöhnst sie gleich wieder und ich bin dann der Buhmann, wenn es Schnitten gibt."

„Ich muss bald wieder auf Dienstreise, nach Aue."

Ich schaute zu ihm hinüber und wartete auf seine Reaktion. Er goss sich inzwischen ein Bier ein. Hoffentlich war ich im Bett, wenn er beim Sechsten angelangt war.

„Naja, fahr nur", brummte er. „Ich werde hier noch zum Babysitter. Neuerdings ist dir dein Job wichtiger als deine Familie."

„Da erkennen sie wenigstens meine Arbeit an." Ich musste an Meier heute denken. „Essen kochen, waschen und putzen sieht keiner."

Ich hatte keine Lust auf eine weitere Diskussion mit ihm, brachte die Kinder ins Bett und machte mich über die Bügelwäsche her. Plötzlich stand er in der Tür, mit einem Bier in der Hand.

„Seit wann liest du eigentlich West-Literatur?"

Zuerst begriff ich nicht. Er holte den Simmel hinter dem Rücken vor.

„Vergiss mich nicht! V Punkt, wie rührend. Wer ist V Punkt?"

„Weiß ich nicht, das Buch ist von einer Kollegin, sie hat es mir für die Bahnfahrt geborgt. Aber warum wühlst du in meinen Sachen?"

Ich ärgerte mich, dass ich vergessen hatte, das Buch zu verstecken. Ich ließ ihn mit dem Buch stehen, drehte mich um und ging ins Schlafzimmer. Ich sah noch, wie er es in meine Tasche zurücklegte und atmete erleichtert auf. Als ich im Wohnzimmer den Fernseher hörte, zog ich mich leise aus. Bevor ich mein Nachthemd überstreifte, erhaschte ich mein Bild im Spiegel. Zögernd legte ich das Nachthemd wieder hin und schlüpfte nackt ins Bett. Wie gut sich das anfühlte. Ich ließ meine Gedanken wandern. Victor, dachte ich. Victor im Glück? Und war eingeschlafen.

Am nächsten Morgen war ich zeitig in der Änderungswerkstatt. Ich hatte extra mein rotes Kleid mit den schwarzen, dekorativen Reißverschlüssen angezogen, das ich mir im Herbst genäht hatte.

Nach meinem gestrigen Telefonat mit der Leiterin der Änderungswerkstatt hatte die Näherin, die den Pfusch fabriziert hatte, von dieser den Auftrag erhalten, den Reißverschluss wieder herauszutrennen. Die junge Frau fuhr mich auch prompt an, dass ich als ehemalige Lehrerin doch wohl überhaupt keine Ahnung hätte, und der Reißverschluss in der Jacke des Kunden ginge nicht besser einzunähen.

„Ach nein?" Ich sah sie fragend an und schob sie beiseite. Da musste ich jetzt durch. Ich setzte mich an den Schnellnäher, eine große Industrienähmaschine. Mit so einer Maschine hatte ich bisher selten zu tun gehabt, immer nur mit meiner Haushaltnähmaschine genäht. Trotzdem gelang mir der Reißverschluss tadellos. Innerlich atmete ich auf. Die Näherin schaute mich anerkennend an.

„Ich dachte, Sie sind so'n typischer Leiter, der nur Sprüche klopft", sagte sie ehrlich.

„Sie sollen nicht über mich nachdenken, Katja, Sie sollen nähen, und zwar allererste Qualität. Ich habe keine Lust, mir Ihretwegen dauernd die Reklamationen anzuhören. Überlegen Sie mal, wie viele Menschen sich jetzt mit diesem Reißverschluss beschäftigen mussten und wie viel Zeit uns verloren gegangen ist. Das kostet diesen Monat Ihre Qualitätsprämie."

Betreten schaute Katja mich an. Die anderen Näherinnen saßen still an ihren Maschinen.

„Na, keine Extrapause! Weitermachen!" sagte ich und wollte mich verabschieden. Da meldete sich schüchtern eine sehr kleine, sehr junge Näherin: „Darf ich was fragen?"

„Ja."

„Haben Sie das Kleid auch selbst genäht?"

„Ja."

Feuerprobe bestanden. Von da an hatte ich wenig Probleme mit den Näherinnen der Änderungswerkstatt. Wir verstanden uns.

Ich fuhr wieder ins Büro.

Verena empfing mich mit den Worten: „Du sollst zum Chef kommen."

Die Sekretärin meldete mich an.

„Frau Sintau, wir haben in der Parteileitung alle Ihre Aktivitäten bei der Messe besprochen", empfing mich Meier ohne Einleitung.

Alle, hatte er gesagt. Mein Barometer sank auf Null, mir wurde eiskalt. Er wusste alles.

„Die Geschichte mit Aue ist sehr schön, Sie sollten so schnell wie möglich dorthin fahren, damit unsere Weißnäherei wieder Arbeit hat." Er verzog keine Miene. Ich lächelte verkrampft.

„Die andere Sache vergessen Sie bitte gleich wieder. Wie hatten Sie sich denn das vorgestellt? Sollen die Westler hier in unserem Betrieb herumspazieren?"

„Ich dachte...", erwiderte ich.

„Sie sollen über Ihre Arbeit nachdenken und nicht über meine. Teilen Sie mir mit, wann Sie nach Aue fahren. Wie viele Tage brauchen Sie, einen oder zwei?"

„Ich will es an einem schaffen, wegen meiner Kinder. Aber ich muss erst mal in den Fahrplan schauen."

„Schön, und das mit den Westkontakten unter-lassen Sie gefälligst", schnaufte Meier, und ich war entlassen.

Eine Fuhre Steine plumpste vor seiner Tür von meinem Herzen.

Als ich wieder ins Zimmer kam, schrieb Verena gerade einen Antrag an den Rat des Stadtbe-zirks wegen einer Schließungsgenehmigung, zur Renovierung eines ihrer Läden.

„Na, hat der Meier dich rund gemacht? Ich habe nichts verraten", sagte sie.

Einen Moment saß ich still da, dann suchte ich mir das Kursbuch heraus. Nach Aue würde ich vier Stunden brauchen. In Zwickau umsteigen, 40 Minuten Aufenthalt. Der erste Zug fuhr um 6.12 Uhr. Ohne Verspätung wäre ich um 10 Uhr in Aue, um 14.26 Uhr fuhr der Zug zurück. Also auf jeden Fall würde ich zu spät in den Kinder-garten kommen und früh wäre es auch nicht zu schaffen. Das Telefon klingelte, ich nahm ab.

„Betriebsleitung Sintau", meldete ich mich.

„Hier ist dieser Scabra."

Mir fiel fast der Hörer aus der Hand. Ich fühlte Hitze in mir hochsteigen, schielte zu Verena hinüber. Blitzschnell schoss mir durch den Kopf, dass er doch sicher nicht in Berlin, schon gar nicht in Ostberlin war. Mir wurde noch heißer.

„Von wo aus rufen Sie an?" fragte ich.

„Nanu, sind wir wieder per Sie?" fragte er erstaunt. „Aus Stuttgart. Es war schon ein Kunststück, deine Telefonnummer herauszubekommen. Privat wollte ich nicht anrufen, wegen deines Mannes. Im Kombinat „Schnelle Dienste" gibt es zum Glück nur eine Frau Sintau. Oder kannst du nicht reden?" fragte er erschrocken.

„Nein", antwortete ich einsilbig.

Verena schaute auf.

„Kann ich dich heute Abend zu Hause anrufen? Sag mir die Nummer. Ich habe es einfach nicht ausgehalten und musste dich anrufen", sagte Victor.

Hoffentlich hörte keiner mit.

„Ja", ich nannte die Nummer, „um acht, ja?"

„Ja, Juliane, ich freue mich, ade."

Ich legte auf. Verena staunte mich an.

„Was ist denn mit dir los, wer war denn das?" Auf einmal dämmerte es ihr. „Ich fasse es nicht, war das dein Messemann?"

Ich nickte.

„Bist du verrückt geworden? Oder Ihr alle beide?"

„Mann, der ruft bloß mal so an. Viel schlimmer ist, dass die Züge nach Aue so unmöglich fahren", versuchte ich abzulenken. „Wie ich es auch drehe, ich schaffe es weder früh noch abends in den Kindergarten."

„He, der kann nicht einfach hier im Betrieb anrufen! Kann der sich nicht vorstellen, dass du Ärger bekommst? Wie naiv ist der eigentlich, oder du? Sag ihm, dass er das sein lassen soll!" regte sich Verena auf.

„Das hast doch nur du gehört."

„So, das träumst du aber, du Traumsuse, das ist ja nicht zum Aushalten mit dir!"

„Komm runter von deiner Palme, ich sag's ihm ja."

„Mach bloß keine Sachen, dass du was mit 'nem Westler anfängst."

„Habe ich aber schon."

Verena raufte sich die Haare.

„Das kann ja nicht wahr sein! Nicht nur essen?" fragte sie jetzt erstaunt.

„Nein, nicht nur essen", sagte ich leise. „Verena, ich habe mich total verknallt. Ich weiß zwar nicht, was daraus werden soll, aber es ist traumhaft."

„Hoffentlich wird das kein Alptraum", sagte sie. „Meinst du nicht, der hat in jeder größeren Stadt so eine wie dich? Meinst du, du bist ihm vom Himmel gefallen? Der ist doch verheiratet."

„Verena, so ist er nicht. Es ging ihm genauso wie mir. Ja, er ist verheiratet, aber seine Ehe ist keine mehr."

„Pah, das sagen sie doch um dich rumzukriegen, ob nun Ost oder West."

„Das glaube ich nicht. Und wenn, es hat mir gut getan, ganz einfach. Ich habe mich geliebt gefühlt, nicht benutzt. Von meinem Ehemann fühle ich mich viel eher benutzt. Ich bin lange nicht so verwöhnt worden. Und wenn es nur ein Märchen ist, es hat Freude gemacht. Ich fühle wieder, dass ich noch jung bin und kein alter Ehekrüppel!"

Verena schaute mich an.

„Du bist unverbesserlich!"

„Sag mir jetzt lieber, wie ich das mit Aue löse, das ist viel wichtiger."

„Hast du schon mal Verena gefragt?"

Jetzt schaute sie mich schelmisch an.

„Wieso?"

„Na, vielleicht kann die liebe Pauline bei der lieben Verena übernachten."

„Du bist ein Schatz!" Ich sprang um die Schreibtische herum und fiel ihr um den Hals.

„Das würdest du wirklich tun?" Ich erzählte das von Holger, als er Pauli abgeholt hatte, und dass ich mich nur ungern auf ihn verlassen würde.

„Wann willst du denn fahren?"

„So schnell wie möglich, hat Meier gesagt."

Sie nickte mir zu.

In meinem Kalender suchte ich die Visitenkarte von Frau Rüschke heraus und wählte die Nummer.

Sie freute sich sehr über meinen Anruf, und wir verabredeten, dass ich am kommenden Montag kommen würde.

„Geht klar", sagte Verena. „Andi kann sich früh doch schon allein fertig machen, und abends kommt er auch zum Abendbrot zu mir, und ich bringe dann beide ins Bett."

„Du bist toll, Verena, ich hätte mich nicht getraut, zu fragen."

Auf dem Nach-Hause-Weg erzählte ich Pauli davon, dass sie bei Tante Verena schlafen dürfe. Sie jubelte. Ich freute mich auch.

Ich dachte an Victors Anruf und die schönen Stunden mit ihm in Leipzig. In drei Stunden würde er wieder anrufen.

Um acht Uhr hatte ich die Kinder im Bett. Holger kam glücklicherweise später.

Pauli hatte stolz erzählt, dass sie bei Tante Verena schlafen dürfe. Andi war neidisch. Ich erklärte ihm, dass ich wieder auf Dienstreise gehen müsse und stolz auf ihn sei, weil er schon allein früh in die Schule gehen könnte. Da war er versöhnt, auch als er erfuhr, dass er zum Abendbrot auch bei Verena wäre.

Ich hörte die beiden noch leise miteinander flüstern. Sie waren aufgeregt. Ich auch.

Um zehn nach acht wurde ich nervös. Um viertel neun belauerte ich das Telefon. Da klingelte es.

„Sintau", meldete ich mich vorsichtig.

„Alles klar mit den Kindern?"

„Verena, geh aus der Leitung", schimpfte ich.

„Ach du lieber Himmel", sagte sie und legte auf.

Wieder klingelte es.

„Sintau." Neuer Versuch.

„Juliane, schön", hörte ich Victors Stimme, seinen kehligen süddeutschen Dialekt. „Kannst du jetzt reden?"

„Ja." Ich hatte einen völlig trockenen Hals.

„Wie geht es dir?"

„Gut." Mir fiel nichts Vernünftiges ein.

„Freust du dich, dass ich anrufe?"

„Ja, sehr."

„Ich muss so oft an dich denken. Und heute habe ich einfach versucht, dich zu finden. Und nun habe ich dich. Juliane, ich… Es ist etwas passiert, das ich nie vermutet hätte. Ich habe Sehnsucht nach dir."

Ich schluckte.

„Kann ich dich öfter einfach mal anrufen oder gibt es Probleme?"

Mir fielen tausend Probleme ein. Und doch war es so süß, seine Stimme zu hören.

„Aber nur hier, nicht im Betrieb. Versuch es halt."

„Vielleicht sollten wir uns schreiben", überlegte er.

Aber zu mir nach Hause, das ginge ja überhaupt nicht.

„Pass auf, du versuchst morgen herauszubekommen, wie ich dir postlagernd schreiben kann. Und ich rufe dich morgen um die gleiche Zeit wieder an, o.k.?"

Ich versprach es.

„Ich habe mir den Tee Morgenbrise gekauft, Juliane. Wir hatten ihn ja in der Aufregung vergessen. Jetzt trinke ich ihn dauernd und stelle mir vor, dass wir zusammen Tee trinken."

„Wie schön, ich war ganz traurig, als ich ihn noch in meiner Tasche fand. Ich trinke ihn auch immer und denke an dich."

„Frau Sintau, Sie haben mich sehr beeindruckt", sagte er dann noch, und wir verabschiedeten uns.

Eine Weile saß ich versunken und ließ seine Stimme nachklingen. Was sollte das werden? Konnte dieses Märchen etwa noch weitergehen? Ich wollte nicht über Konsequenzen nachdenken, mich nur auf dieser Woge treiben lassen. Es fühlte sich so warm, so lieblich, so glücklich an.

„Da denke ich morgen drüber nach", hatte Scarlett O'Hara in „Vom Winde verweht" immer gesagt. Meine Nachbarin hatte das Buch heimlich aus dem Westen bekommen und mir genauso heimlich geborgt.

Holgers Schlüssel drehte im Schloss, einmal, zweimal, aha, wieder nicht nüchtern. Ich machte schnell das Licht aus, stürzte ins Schlafzimmer und zog mich leise aus. Als er hereinpolterte, lag ich schon im Bett. Ich wollte nicht mit ihm reden, jetzt nicht. Etwas summte in mir, eine Melodie, ja, „Rosen aus dem Süden". Damit schlief ich ein.

Am nächsten Mittag, als ich aus der Pause kam, war helle Aufregung im Betrieb. Ein Blumenstrauß war von Fleurop gebracht worden.

Verena und Ursula, unsere Sekretärin, packten ihn gerade aus, als ich ins Büro kam.

„Schau mal, Juliane, was für herrliche bunte Rosen!" sagte Ursula. „Von wem die wohl sind?"

„Hier steckt eine Karte." Verena zog sie heraus.

„Für Frau Sintau als Dank für ihren Einsatz", las sie vor. „Darunter steht „Rosen aus dem Süden". Was immer das bedeutet. Das ist bestimmt von dem Mann mit dem Reißverschluss in der Jacke, die Reklamation. Vielleicht ist der aus Sachsen."

Ich wusste woher er war und vergrub mein Gesicht in den Blumen. Wie sie dufteten!

„Naja", sagte Ursula, „gute Leistung muss belohnt werden."

„Wenn das nur alle Kunden wüssten, für die wir uns ein Bein ausreißen. Wenn ich nur an die gelben Knöpfe denke!"

Eine Frau hatte einmal einen gelben Kostümstoff in einen meiner Modesalons gebracht und weiße Knöpfe. Sie hätte gern gelbe gehabt, aber die gab es nicht. Ich nahm die Knöpfe mit nach Hause und färbte sie mit Stofffarbe. Es war dann genau der Farbton des Stoffes. Das hatte ich für mich schon öfter probiert. Es gingen nicht alle, aber viele Plastikknöpfe. Das Kostüm sah mit den gelben Knöpfen viel besser aus, als mit den weißen.

„Aber das bezahle ich nicht extra", quakte die Kundin. „Das habe ich nicht eindeutig bestellt."

„Aber dieser Kunde hier scheint wirklich sehr zufrieden gewesen zu sein", schmunzelte ich. „Wisst Ihr was, ich schenke jedem von Euch eine Rose."

„Wie viele sind es?"

Ich zählte. Siebenundzwanzig. Wir hatten uns am Siebenundzwanzigsten März kennengelernt.

„Der hat ja ein Vermögen ausgegeben!" Verena schüttelte den Kopf.

Himmel, lass sie nichts merken!

Ich ging mit meinem Strauß durch die Betriebsleitung und schenkte jeder Frau eine Rose.

„Ihr habt auch alle gut gearbeitet", sagte ich dazu.

Victor grüßte mich jetzt in jedem Zimmer. Eine wunderschöne rosarote behielt ich für mich.

Der Zug nach Zwickau war voll. Sicher fuhren viele Studenten am Montag früh nach Leipzig. Ein paar Leute in der ersten Klasse sahen wie Geschäftsreisende aus. Ich durfte auch erster Klasse fahren, hatte aber keine Platzkarte.

„Kommen Sie, junge Frau, hier ist noch ein Platz für Sie frei. Erster Klasse stehen ist genauso unangenehm wie zweiter, nur teurer."

Ein junger Mann rückte im Abteil etwas beiseite. Ich nahm das Angebot an.

Der Zug fuhr jetzt schnell. Langsam ging die Sonne auf. Es versprach ein schöner Tag zu werden. Der Frühling hielt nun doch langsam Einzug.

Ich träumte vor mich hin. Das Wochenende hatte ich mit den Kindern bei meinen Eltern verbracht. Holger war wie üblich nicht mitgekommen. Er mochte meinen Vater nicht. Der hatte ihm einmal zu deutlich die Meinung wegen der

Sauferei gesagt. Auch jetzt am Wochenende hatte mein Vater mich wieder gefragt, was das mit uns noch werden sollte. Sie machten sich Sorgen. Die Kinder taten ihnen Leid und ich. Aber was nützte das, es war mein Leben, und ich musste da durch. Schließlich hatte ich Holger geheiratet. Viel zu schnell, wie meine Mutter immer sagte. Aber ich war damals mit Andreas schon vier Jahre allein und sehnte mich nach einem Partner. Als ich Holger traf, fand ich ihn toll. Ein Mann mit hohen Idealen, kultiviert, belesen, sportlich. Von Alkohol war zu Anfang nicht viel zu merken. Mal ein Glas, ganz normal. Als wir verheiratet waren und Pauline geboren, fing es an. Da kamen auch die vielen Überstunden und Nachtschichten. Durch die Trinkerei hatte er auch seinen Führerschein verloren. Er war nach einer Sauftour mit dem Auto fast vor unserer Haustür geblitzt worden. In Betrunkenenlogik war er rechts ran gefahren und hatte die Polizisten beschimpft, dass er nicht zu schnell gefahren sei. Die ließen ihn natürlich pusten. Der Vorteil an der Sache war, dass ich das Auto, einen fast neuen Lada, dann allein nutzen konnte, worüber er sehr verärgert war. Er hatte ihn doch als Auszeichnung für gute Leistungen zugeteilt bekommen, bevor unsere Anmeldung fällig war. Bezahlen mussten wir ihn natürlich.

Wir hatten inzwischen so viel geschafft.

Die schöne große Wohnung in einer stillen, vornehmen, kleinen Seitenstraße der Magistrale von Weißensee, die wir mit viel Phantasie und Kraft renoviert und ausgebaut hatten. Sie hatte fünf Zimmer, vier davon mit Stuck an den Decken, den ich mit brauner Fußbodenfarbe tagelang über Kopf bemalt hatte. Im Flur war eine kleine abgeteilte Sitzecke, mit braunen Vorhängen, an die ich beige Fransen genäht hatte - edel sah es aus. Im Schlafzimmer hatten wir ein riesengroßes Waldbild an der Wand, das mich an mein Zuhause in Köpenick erinnerte. Die Essecke und das Herrenzimmer hatten alte Stilmöbel, mit modernen kombiniert.

Das Wochenendgrundstück. Ich hatte auch dafür nächtelang zu Hause für Kunden genäht, damit wir es kaufen konnten. Der Verkäufer wollte kein Geld, sondern einen höchsten fünf Jahre alten Wartburg. Fast ein Unding. Ein so altes Auto kostete zwanzig tausend DDR-Mark. Und zu bekommen war es eigentlich gar nicht. Unsere Sekretärin Ursula half uns. Ihr Mann war gestorben, und sie hatte keinen Führerschein, konnte das Geld aber gut gebrauchen.

Wie war ich glücklich dort im Garten! Es war so still und der Himmel so weit. Dort schienen keine Probleme zu existieren. Wie eine einsame Insel im Ozean. Eine Idylle ohne Komfort.

2000m² Obstgarten, Wiese zum Herumtollen und Dösen. Eine alte Gartenlaube, wie aus Kistenbrettern zusammengeschustert, mit einer verglasten Veranda und einem Plumpsklo.

Ich liebte dieses Stück Land und seinen köstlichen Gravensteiner Apfelbaum. Ich hatte es mit alten Möbeln aus Haushaltsauflösungen hübsch eingerichtet. Holger kam selten mit. Es war ihm zu primitiv und unhygienisch. Geduscht wurde im Sommer draußen, hinter einem Busch unter dem Schlauch. Die Kinder quietschten vor Vergnügen. Am Freitagabend packte ich die Kinder und alles Notwendige in den Lada und fuhr die 15 km aus der Stadt. Jedes Mal ein kleiner Urlaub. Mit Farbe versuchte ich die Hütte zusammen zuhalten. Gras mähen fiel aus. Die Wiese war schön, wie sie war. Wir genossen die Luft und die Freiheit.

Einmal hatte es nachts geregnet und durch das Dach mitten in mein Gesicht. Als erste Lösung stellte ich einen Topf darunter, nachdem ich mein Bett unter der Stelle weggerückt hatte. Am andern Morgen gab mir unser alter Nachbar ein Stück Dachpappe, einen alten Teertopf, eine Kochplatte und einen Teerschrubber.

„Sie schaffen das", meinte er schmunzelnd und erklärte, was ich tun müsse. Erst dachte ich, dass das wirklich Männerarbeit sei. Aber dann fiel mir Holgers Gesicht ein. Der würde meine

Hütte am liebsten abreißen. Aber zum Bauen hatten wir doch kein Geld! Also hoch aufs Dach, Juliane, du schaffst das. Es war auch gar nicht schwer. Am Nachmittag war das Dach wieder dicht.

„Wusste ich doch", murmelte mein Nachbar, als ich ihm die Utensilien zurückgab.

Der Gedanke an diese Geschichte ließ mich schmunzeln.

Der junge Mann neben mir im Zug packte gerade ein riesiges Kuchenpaket aus.

„Möchten Sie?"

Ich schreckte aus meinen Gedanken.

„Nein, danke", sagte ich.

„Fahren Sie auch nach Leipzig?" fragte er.

Leipzig…

„Nein, ich muss nach Aue heute."

„Ich habe um neun Verhandlung in Leipzig", sagte er. Und erzählte, dass er Ingenieur für Kühlanlagen sei und mit einem neuen Zulieferbetrieb verhandeln wollte.

Er war blond und ziemlich groß und hatte in dem schmalen Abteil ständig mit seinen langen Beinen zu kämpfen. Wir waren etwa gleichaltrig. Zu meiner Verwunderung verputzte er das gesamte Kuchenpaket.

Ich hing weiter meinen Gedanken nach.

Victor hatte wie versprochen am darauf folgenden Abend angerufen. Holger war zu Hause und ich versuchte so vorsichtig wie möglich zu sprechen. Das Telefon stand im Nebenzimmer und da Fußball im Fernsehen war, hörte er auch nicht hin.

Ich sagte nur schnell die postlagernde Adresse, dann waren wir schon wieder getrennt. Eigentlich wusste ich nicht, was ich ihm schreiben sollte. Ich hatte keine Lust, mich über meine marode Ehe oder meine Arbeit auszulassen, aber das würde sich schon finden.

Schon bald rollte der Zug in Leipzig ein. Der junge Mann verabschiedete sich lachend und wünschte mir einen erfolgreichen Tag.

„Danke, Ihnen auch", erwiderte ich ebenfalls lachend.

Jetzt wurde der Zug leer. In meinem Abteil saß nur noch ein älteres Ehepaar mit einem kleinen Kind. Oma und Opa fahren mit dem Enkelkind in den Urlaub. Wie bei mir. Meine Eltern nahmen Pauline und Andreas auch oft mit, wenn sie wegfuhren. Mein Vater meinte, das hielte jung.

Ich versuchte ein bisschen in dem Simmel zu lesen. „Die Antwort kennt nur der Wind". Oh, ja. Wohin geht dieses Leben noch mit mir? dachte ich. Niemand hatte Holger gebeten, zu saufen.

Wir waren doch glücklich! Ich ließ das Buch sinken und schaute auf die vorbeiziehende Landschaft, denn ich saß jetzt am Fenster. Die Wiesen und Felder waren zart grün überhaucht. Die Birken trugen leichte gelbgrüne Schleier. Zeitig kam der Frühling dieses Jahr. Da leuchteten auch die ersten Forsythien. Ja, der Garten... Konnte er nicht mitkommen, wie jeder normale Papi und mit den Kindern spielen? Es war nicht unhygienisch, nur einfach. Ach, konnte er nicht wieder so liebevoll sein, wie zu Anfang? Ich wollte doch nur ein bisschen glücklich sein, ja, auch mit ihm. Mir fiel der hässliche Streit vor kurzem ein. Er war auf Montage. Ich wollte ihn überraschen und ihm eine Thermohose nähen, die es bei uns nicht zu kaufen gab. Ich hatte sie bei dem Mann einer Kollegin gesehen. Außen war Popeline-Stoff, innen warmes Futter. Da konnte ich Molton-Laken nehmen. Ich hatte Popeline in beige. Er wollte aber schon lange eine warme graue Hose haben. Also färbte ich beide Stoffe in der Waschmaschine, bügelte sie trocken, schnitt den Jeansschnitt 2x zu und nähte bis in die Nacht hinein. Natürlich kam ich zu nichts anderem.

Die Hose lag fertig auf seinem Stuhl im Flur, wo er immer seine Tasche abstellte.

„Wo hast du die Hose her?" fragte er.

„Zieh sie an." Ich strahlte, sie passte wie ange-gossen.

„Wie viel hast du ausgegeben?"

„Nichts, ich hab sie genäht." Mir war schon die Lust vergangen. Er ging mit der Hose in die Küche und wollte sich ein Bier einschenken. Da stand sein Lieblingsglas unabgewaschen in der Spüle, mit anderem Geschirr.

„Ich hätte mich mehr gefreut, wenn du abgewa-schen hättest", sagte er.

Ich drehte mich um, dass er meine Tränen nicht sah.

„Kohlen sind auch keine oben. Muss ich alles al-leine machen? Der Herr Sohn zu fein dafür?"

Empört drehte ich mich zu ihm um. Er hielt mir das Glas hin. Es enthielt noch einen Rest altes Bier. Ich nahm das Glas und schüttete ihm das Bier über die Hose. Dann donnerte ich es mit Schwung auf den Fußboden, dass es in tausend Splitter zersprang.

„Nie wieder werde ich irgendwas für dich nä-hen. Und falls du es vergessen hast, wie seinen Geburtstag neulich, er ist sieben. Sieben Jahre alt! Aber er ist ja nicht dein Sohn, sondern nur meiner."

„Mein Glas..." stotterte er.

„Es war nicht dein Glas, falls du auch das ver-gessen hast, es war Andis, aber der darf es ja nicht mehr nehmen, seit du es für dich in Beschlag genommen hast."

Er zog die Hose aus, wo er stand und ließ sie in den Scherben liegen, ging ins Schlafzimmer, zog eine andere an, schnappte seine Joppe vom Haken und knallte die Wohnungstür zu. Die Kinder hatten sich beim ersten bösen Wort verkrümelt.

Zuerst dachte ich, ich werfe alles mit den Scherben in den Müll, brachte es dann aber doch nicht über mich. Ich wusch das Bier aus und zog sie an. Bis auf den viel zu weiten Bund und etwas zu lange Hosenbeine passte sie mir. Nachdem die Kinder im Bett waren, änderte ich sie für mich um. Nie wieder auch nur einen Knopf, dachte ich. Dann holte ich Kohlen aus dem Keller. Wir hatten vier Kachelöfen.

In der Nacht fiel er wie ein Stein ins Bett und stank nach Kneipe. Er knallte mir eine Schachtel Pralinen auf mein Bett und murmelte: „... tschuldige."

Am Morgen versuchte er die Hose anzuziehen. Sie passte nicht mehr. Er nahm die Pralinen und warf sie in den Müll.

Pauli bekam das mit.

„Schokolade?" Sie guckte in den Eimer und holte die Schachtel wieder heraus.

„Lass drin, Mama ist böse, die bekommt keine Schokolade", sagte er.

„Warum?" fragte Andi.

„Die hat dein schönes Glas kaputt gemacht, da sieh!" Er zeigte in den Mülleimer.

Das war mein schönes, friedliches Wochenende.

Ich zog meinen Mantel an und ging spazieren. Später sprachen wir nicht mehr darüber. Er hatte es vergessen.

In Zwickau hatte ich gerade ausreichend Zeit zum Umsteigen. Die vierzig Minuten Aufenthalt waren nur rein theoretisch. Der Weg zum Hemdenbetrieb in Aue war nicht weit.

Frau Rüschke erwartete mich schon und kochte erst mal wieder ihren guten Kaffee.

„Da tu isch immer ä Päckl Vanillezuckr mit nein, das macht ä scheen Geschmack."

Geheimnis sächsischen Kaffees.

Ich hatte den Auftrag, Stoffe für eine kleine LKW-Ladung einzukaufen. Später, wenn es gut mit den Hemden lief, vielleicht noch einmal.

Wir gingen ins Lager. Hier stapelten sich Reste von Batiststoffen in allen Farben auf Rollen mit 5-6 Metern Stoff, die aber für eine Serienproduktion zu wenig waren. Mir hüpfte das Herz vor Freude. Ich liebte schöne Stoffe, und das hier war ein wahres Paradies. Ich suchte verschiedene Weißqualitäten mit kleinen, eingewebten Strukturen und farbige Stoffe, bis hin zu dem gerade für Hemden modernen Schwarz heraus. Alles wurde mit Gabelstaplern beiseite gelegt und sollte von unserm Fahrer in dieser Woche noch abgeholt werden.

Frau Rüschke ließ die Rechnung schreiben. Ich bemerkte, dass sie im Betrieb sehr geachtet war. Die Sekretärin erzählte mir, als Frau Rüschke einmal draußen war, dass sie sich von der Näherin hochqualifiziert hatte zur stellvertretenden Betriebsdirektorin. Alle Achtung, und das mit drei Kindern, wie sie mir gesagt hatte.

Frau Rüschke kam wieder und lud mich zum Mittagessen in die Betriebskantine ein. Das Essen wurde im Betrieb selbst gekocht, war lecker und preiswert. Kohlroulade mit Kartoffeln und Nachspeise für 1.50 Mark.

Der Zug fuhr pünktlich um 14.26 Uhr ab und war in Zwickau in der ersten Klasse völlig leer. Ich vertiefte mich in mein Buch.

„Na, das ist aber ein Zufall."

Erschrocken schaute ich hoch. Wir waren schon in Leipzig und vor mir stand der große blonde Ingenieur für Kühltechnik, wieder mit einem großen Kuchenpaket in der Hand. Jetzt stellten wir uns einander vor. Er hieß Ulrich Beck. Seine Verhandlungen waren genauso gut gelaufen wie meine. Er machte einen sehr zufriedenen Eindruck.

„Hier, jetzt müssen Sie probieren, der schmeckt genau wie der, den meine Frau bäckt. Und kostet nur fünfzig Pfennig das Stück."

Ich griff jetzt gerne zu, denn trotz des Mittagessens hatte ich wieder Hunger, aber keinen Appetit auf meine belegten Brote in der Tasche. Das gibt wieder Hasenbrot für die Kinder. Sie liebten das sogenannte Hasenbrot, wenn einer von uns von der Dienstreise Schnitten wieder mitbrachte.

Der Kuchen war wirklich sehr lecker. Butterstreuselkuchen mit Puddingfüllung und Rhabarberkuchen mit Grießpudding.

Wir unterhielten uns über unsere Familien. Er erzählte von seinem Jüngsten, Seppel, eigentlich Sebastian, und Anne, der großen und seine Augen strahlten. Anne musste so alt sein wie Andi und Seppel etwas kleiner als Pauline. Seine Frau Katrin war Porzellanmalerin und künstlerisch sehr begabt, wie er sagte. Sie arbeitete zu Hause, um bei den Kindern sein zu können. Er war der Prototyp eines stolzen und glücklichen Familienvaters. Es war schön, das zu sehen und zu hören und zu lauschen, was er alles mit seinen Kindern unternahm. Ich war ganz tief drinnen ein bisschen neidisch.

„Weißt du, meine Familie ist alles für mich."
Wir waren unbemerkt zum Du übergegangen.

„Da kommt erst mal eine ganze Weile gar nichts und dann erst die Arbeit. Es ist mein Wohlstand, den ich habe. Wohlstand an Gefühl, Zeit und Glück. Das kann man alles nicht kaufen. Wenn das stimmt, stimmt dein Leben. Alles andere ist nur Beiwerk. Luxus, Geld oder materielle Werte machen nicht glücklich. Katrin denkt genauso. Deshalb ist sie ja zu Hause geblieben, nachdem Seppel geboren war."

Ulrichs Worte machten mich nachdenklich.

„Kommt uns mal besuchen, mit deinen Kindern und deinem Mann. Katrin wird sich bestimmt freuen. Wir wohnen noch nicht so lange in Berlin und haben noch kaum Freunde."

Wir verabredeten zu telefonieren. Ich erzählte nichts von Holgers Problemen und bezweifelte, dass das langfristig etwas werden würde. In Berlin verabschiedeten wir uns.

Als ich nach Hause kam, lag Pauli schon im Bett und Verena beaufsichtigte gerade Andis Waschversuche. Pauli fiel mir um den Hals und erzählte, wie toll es bei Tante Verena gewesen sei und wie artig sie war. Andi berichtete genauso stolz, wie er, als der Wecker klingelte, den ich ihm hingestellt hatte, sich ganz allein fertig gemacht hätte und pünktlich in die Schule gegangen wäre. Ich war stolz auf meine beiden Rangen. Holger war wohl erst später gegangen, hatte sich aber nicht um Andi gekümmert.

Verena meinte, er wäre heute Abend kurz dage-wesen und gleich wieder weg.

„Er ist bestimmt wieder in die Kneipe."

Ich dachte traurig an Ulrich und seine Familie. Der würde jetzt bestimmt nicht saufen, sondern sich um seine Familie kümmern, mit den Kin-dern spielen und abends nicht lautstark vor dem Fernseher einschlafen, sondern mit seiner Frau kuscheln. Ich schob es weg.

„Komm, wir trinken ein Glas Wein", sagte ich zu ihr, als die Kinder im Bett waren. „Ich habe dir was mitgebracht, als Dankeschön."

Ich hatte Frau Rüschke gefragt, ob ich auch pri-vat ein paar Meter Stoff kaufen könnte. Der weiße Batist mit der Struktur hatte es mir ange-tan. Sie hatte mir mehrere fehlerhafte Stücke geschenkt, die für die Produktion nicht mehr zu gebrauchen waren, für Hobbyschneider aber bestens geeignet. Ich wusste, dass Verena auch nähte, was bei ihr wirklich sehr nützlich war. In ihrer Größe gab es keine schicke Mode zu kau-fen.

Da hatte ich mit dem weißen Stoff genau ins Schwarze getroffen. Wir saßen noch zwei Stun-den und erzählten.

Plötzlich polterte es im Hausflur und gleich dar-auf ging die Klingel. Da stand ein Kollege von meinem Mann und hielt diesen fest an die Wand gedrückt.

Holger war völlig zu und rutschte, als der Kollege ihn losließ, an der Wand hinunter. Mir schossen die Tränen in die Augen. Mit vereinten Kräften hievten wir Holger herein und ließen ihn auf sein Bett fallen. Dem Kollegen war das genauso peinlich wie mir.

„Wir haben gar nicht viel getrunken, plötzlich ist er unter den Tisch gerutscht", sagte er. „Er hat sich die Stirn aufgeschlagen."

Als der Kollege gegangen war, heulte ich los. Verena nahm mich in den Arm.

„Ich halte das nicht mehr aus", schluchzte ich. „Es wird immer schlimmer. Am nächsten Tag weiß er dann nie, warum ich sauer bin. Aber ich muss die Peinlichkeiten ertragen. So geht das nicht weiter", schniefte ich heulend.

Verena versuchte mich zu trösten. Wir tranken den Wein aus, und sie machte sich auf den Heimweg.

Ich holte mein Bettzeug aus dem Schlafzimmer. Holger lag da wie er hingefallen war und schnarchte lautstark.

Im Wohnzimmer schlug ich mein Lager auf, konnte aber trotz der Müdigkeit nicht einschlafen. Ich war verzweifelt. Sollte das wieder ein Aus sein mit 32 Jahren? Aber so wollte ich mit Holger nicht weitermachen.

Ich dachte wieder an Victor und seine Zärtlichkeit.

Der Altersunterschied von etwa zehn Jahren hatte gar keine Bedeutung. Das war egal. Ich fühlte mich geachtet, bewundert und geliebt. Aber zu Anfang war es immer schön. Ich versuchte, mich an den Anfang mit Holger zu erinnern. Nein, ich war nicht wirklich verliebt in ihn gewesen. Es waren vor allem Vernunftgründe. Ich wollte einen Vater für Andreas, ich wollte noch ein Kind, damit er ein Geschwisterchen hätte, und ich wollte nicht mehr allein sein. Ich hätte ihn zu früh geheiratet, sagte meine Mutter. Ja, wenn ich es heute betrachtete... Aber die Sauferei fing erst nach Paulis Geburt an. Nein, die Streitereien schon, als ich mit ihr schwanger war. Hatte ich mich selbst belogen? Ach, je.

Aber wieder Scheidung, mir graute davor. Und Victor, das war doch keine Zukunft, die Mauer war fast unüberwindlich. Man konnte sich ja so gar nicht richtig kennenlernen. Und abhauen mit den Kindern, das kam nicht in Frage und ohne schon gar nicht. So schön war kein Mann, dass ich meine Kinder im Stich gelassen hätte. Mein Gott, eine Nacht, was war denn das? Aber ich musste zugeben, dass es mich aus der Bahn geworfen hatte.

Ich stand auf und holte mir Briefpapier. Lange saß ich davor und mir fiel nicht ein, was ich schreiben könnte. Aber dann träumte ich einfach.

Lieber Victor!

Nun ist Leipzig fast vergessen. Nein, nicht vergessen, aber schon wieder so lange her. Als ich neulich an Leipzig vorbeifuhr, sah ich das Uni-Hochhaus und den „Weisheitszahn" von weitem. Ich musste noch einmal an die Situation denken, als Du und Herr Kissingen über die Tanzfläche auf mich zu gerannt seid. Das war schon komisch und ungewöhnlich. So als ob Du mich auf keinen Fall verpassen dürftest, als ob ich gleich verschwunden wäre.
Nun begleite ich Dich auf Deinen Reisen. Stecke in Deiner Tasche und schaue heraus, wenn es keiner merkt...

Ich zerknüllte das Papier. So ein Schwachsinn.

Am nächsten Tag fuhr ich von der Arbeit zuerst zur Post. Pauli an der Hand stellte ich mich in die Schlange.

„Für Juliane Sintau, postlagernd bitte", flüsterte ich.

Ich hatte das Gefühl, alle würden mich anstarren. Die Postfrau legte mir einen länglichen Umschlag mit einer BRD-Briefmarke und einem Stempel aus Stuttgart hin und lächelte.

Ich dankte.

„Mami, was ist postlagernd, und warum bekommst du den Brief nicht nach Hause, wie sonst?" krähte Pauli.

Ich machte, dass ich aus der Post kam und steckte den Brief tief in meine Tasche. Wieder auf dem Fahrrad durchrieselte mich ein freudiges Gefühl. Er hatte geschrieben!

Zu Hause holte ich Andis Fahrrad aus dem Keller und wir fuhren zu dritt zum Weißen See, der nur ein paar Minuten von uns entfernt war. Hier joggte ich jeden Samstagmorgen drei Runden mit einer Bekannten, auch einer Mutti aus dem Elternaktiv von Andis Klasse.

Die Luft war lau und duftete nach Frühling. Im Gras wuchsen Krokusse und Veilchen. Wir setzen uns ans Ufer und aßen Abendbrot. Ich hatte schnell Schnitten, Äpfel und Möhrenstifte eingepackt, damit wir weg waren, wenn Holger kam. Pauli kletterte auf meinen Schoß.

„Mami, das ist schön, das müssen wir öfter machen." Sie war jetzt dreieinhalb und so süß. Und sprechen konnte sie erstaunlich gut.

Andreas stimmte ihr zu. Ich war immer verwundert, wie das kleine Persönchen das Kommando über den großen Bruder schwang. Er liebte sie von Anfang an sehr. Von ihm übernahm sie viele Worte, und er verbesserte sie geduldig, wenn sie etwas in Babysprache aussprach. Dadurch war sie viel weiter als andere Kinder. Es war gut, dass ich zwei Kinder hatte.

Hier am Weißen See waren wir in der Woche oft. Im Sommer gab es ein flaches großes Becken für die Kinder zum Planschen.

Ich dachte an den vorigen Sommer. Es war heiß, und Pauli wollte etwas und wurde wütend, dass ich sie nicht verstand. Sie schrie: „Bahnspiese." Was ist Bahnspiese? Bis Andi herausbekam, was sie meinte: Sie wollte zur Planschwiese. Wie haben wir gelacht. Sie fühlte sich ausgelacht. Vielleicht war das die Triebfeder, dass sie sich solche Mühe beim Sprechen gab.

Die Kinder rannten jetzt zum Spielplatz. Ich schaute ihnen zu, aber meine Gedanken gingen spazieren. Finanziell würde es ganz schön eng werden. Aber wenn Holger für die Kinder zahlte und ich vielleicht ein bisschen nähte, würde es gehen.

Mir fiel der Brief ein. Ich zog ihn aus meiner Tasche. Mit Füllfederhalter war das Kuvert beschrieben, schöne männliche Schriftzüge. Ich öffnete es. Es waren zwei Blätter. Auf dem einen stand ein Gedicht. Das las ich zuerst.

Vergiss mich nicht

Wir waren zwei,
vielleicht ein Ganzes gar,
nun soll ich Dich vergessen zwar
und frage Dich,
vergisst Du mich?
Wir waren uns so nah gekommen,
wie Menschen doch nur nähern sich,
geliebten Seelen und vernommen,
das leise Schwingen inniglich.
Vergessen soll ich Dich?
Ich kann es nicht.
Geliebte Liebste,
eins wir waren
in wundervoller Zärtlichkeit.

Begegnen wieder uns nach Jahren,
trennte uns die Zeit?

Nun steh ich da,
und kann es noch nicht fassen,
dass meine Hand
die Deine musste lassen.
Und bitte Dich:
Vergiss mich nicht.

Ganz verzaubert las ich die Zeilen immer wie-
der. Ob er das selbst geschrieben hatte?
Auf dem anderen Blatt war ein Brief auch mit
Füllfederhalter geschrieben.

Traumfrau, Du liebste!
Ich bin kein Briefeschreiber und trotzdem drängt es mich, Dir wenigstens per
Post nahe zu sein. So wie es mich an
jenem Abend in Leipzig gedrängt hatte, zu
Dir zu laufen, um Dich im Arm zu halten.
Ich kenne mich selbst nicht wieder. Als
ob Du Dich in Luft auflösen könntest, so
ein Gefühl trieb mich. Und wenn ich es

recht bedenke, war es ja auch so. Wir hätten keine zweite Chance gehabt.

Warum ist das alles so schwer, warum müssen wir uns unter diesen Umständen kennenlernen? Du bist verheiratet, ich auch, zwar nur auf dem Papier, aber ich kann mich nicht trennen und sie im Stich lassen. Und zwischen uns eine riesengroße Mauer. Manchmal denke ich, ich habe das alles nur geträumt. Aber dann war da Deine Stimme und alles war wach und lebendig. Das Schwingen, weißt Du, wir hatten diese unglaubliche Harmonie, von der ich Dir erzählte. Hast Du es auch empfunden?

Ach, es fühlt sich so hoffnungslos an, was wir tun. Ist es das?

Sei zärtlich umarmt,

Dein Victor

PS: Sind die Rosen angekommen?

Was für ein Brief! Fast meine Gedanken. Ja, so trostlos fand ich auch. Vor allem, dass es so wenig Hoffnung auf Zukunft für uns gab. Ich sehnte mich sehr nach ihm.

Ich musste das mit Holger beenden. Wie war eigentlich egal, Hauptsache überhaupt und bald. Die Erniedrigungen waren nicht auszuhalten. Das war kein Leben so, es musste aufhören, auch wenn das mit Victor keine Zukunft hatte. An der Seite eines despotischen Alkoholikers mein Leben zu fristen, war ich zu jung. Nein, in jedem Alter hat man einen Anspruch auf ein lebenswürdiges Leben und ein bisschen Liebe und Glück.

Ich holte die Kinder vom Spielplatz, und wir radelten nach Hause.

Holger war schon da und nüchtern. Auf der Stirn hatte er ein Pflaster. Er wunderte sich, wo wir so spät herkamen, aber ich redete kaum mit ihm und brachte die Kinder ins Bett. Als ich fertig war, kümmerte ich mich um die Wäsche. Da setzte er sich dazu, natürlich mit einem Bier in der Hand, das er neuerdings demonstrativ aus der Flasche trank. Wenn er dachte, ich würde ihm ein neues Glas kaufen, hatte er sich geirrt.

„Kannst du das nicht mal lassen?" fragte ich ihn.

„Wenigstens ein Bier werde ich doch noch trinken dürfen", protestierte er.

„Ja, eins, wenn es bei einem bleiben würde!"

Ich war wütend, zwang mich aber zur Ruhe.

„Wir sind doch da, wo wir vor einem Jahr schon einmal waren, Holger. Gerade zwei Monate hast du dich damals zusammengerissen. Ich kann und ich will nicht mehr. Ich werde die Scheidung einreichen."

Da war es heraus. So schnell hatte ich es nicht geplant, aber nun war es gesagt und auch von Herzen so gemeint.

„Das wird dir noch leidtun." Voller Hass sah er mich an. Oh, Gott, der hatte mich mal geliebt?

Er ging zum Schrank und goss sich einen großen „Goldbrand" ein.

„Damit machst du es nicht besser, immer nur noch schlimmer", sagte ich ruhig, während ich weiter Wäsche legte. Ich fühlte nichts, als ob er ein Fremder war.

„Du zwingst mich doch dazu, du großartige Abteilungsleiterin. Was bist du denn für eine Ehefrau? Dauernd auf Dienstreise, nur deinen Beruf im Kopf."

Ich hörte nicht mehr hin. Es hatte keinen Zweck, ihm zu antworten. Er war nur noch selbstgerecht. So satt hatte ich ihn.

Ich sagte noch, dass ich am Wochenende umräumen wolle, und wenn er mir nicht helfen würde, würde ich Freunde bitten. Er grunzte nur wütend und schon nicht mehr nüchtern. Ich nahm mein Bettzeug und legte mich in Paulis Zimmer auf die Liege, denn er saß vor dem Fernseher im Wohnzimmer.

Eigentlich hatte ich Victor schreiben wollen, aber jetzt war ich ganz und gar nicht in der Stimmung. Aber schlafen konnte ich auch nicht. Halb zwölf hörte ich, dass Holger ins Bett ging. Ich schlich mich ins Wohnzimmer an den großen Tisch, nahm Schreibblock und meinen Füller. Schon lange hatte ich nicht mehr damit geschrieben, auch selten Briefe. Alles andere mit Kuli. Man hatte mit Füller eine schönere Schrift. Aber was schrieb ich? Ich las Victors Brief noch einmal. Und noch einmal. Dann fing ich an.

Liebster Victor!

Was für ein schönes Gedicht! Ist das von Dir? Nein, ich werde Dich nicht vergessen, aber ich muss Dir auch Recht geben: Haben wir denn überhaupt eine Chance? Soviel spricht dagegen. Ich habe auch Angst, was sie machen, wenn man unsere Liebe herausfindet.

Ach, Victor, so schön war unser Kennenlernen, aber so schwer ist es jetzt.

Danke für die wundervollen Rosen, aber bis auf eine habe ich alle im Betrieb verschenkt, aus Angst, man könnte bemerken, woher sie wirklich sind. Ist das die Basis für eine Liebe? Kannst Du Dir eine Lösung vorstellen? Verzeih, dass ich so hoffnungslos bin.

Deine Juliane.

Am liebsten hätte ich den Brief wieder zerrissen und gar nicht geschrieben. Nein, das hatte keine Zukunft mit Victor. So schön es auch gewesen war. Aber ich sandte ihn ab. Er sollte wissen, wie es um mich stand. Ich war froh, dass ich meine Arbeit hatte. An den Wochenenden fuhr ich mit den Kindern zu meinen Eltern oder in den Garten. Dort war es zum Übernachten aber noch zu kalt. Vom Haus meiner Eltern aus unternahmen wir Radwanderungen in die schönen Wälder im Süden Berlins. Andi hatte dort auch ein Fahrrad, und ich nahm das Rad meiner Mutter, das auch einen Kindersitz hatte. Manchmal fuhren wir mit der Fähre über den langen See nach Wendenschloss oder kletterten auf den Müggelturm in den Müggelbergen. Die Aussicht war bei schönem Wetter herrlich. Bis zum Flughafen Schönefeld konnte man schauen. Die Kinder waren begeistert. Weit erstreckten sich die Kiefernwälder in tiefem Grün dahin. Ganz im Westen leuchtete der Fernsehturm. Unter uns blinkten weite Seenflächen, auf denen man schon die ersten Boote sah. Es war meine Heimat, wo ich aufgewachsen war. Jetzt wohnte ich in der Stadt.

‚Ich vermisse sie, diese Wälder‘, dachte ich.

Wir aßen im Müggelturmrestaurant zu Mittag. Bouletten mit Kartoffelsalat. Wir hatten noch nie etwas von Pommes frites gehört, was auf der Tafel am Eingang stand. Die Kinder wollten es probieren, als sie es am Nachbartisch auf den Tellern sahen. Ich bestellte eine Portion. Bratkartoffeln in Stiftform mit Ketchup, naja. Aber die Kinder mochten es.

Dann wanderten wir zurück zur „Müggelseeperle", wo alle Stunde ein Dampfer nach Grünau ablegte. Von dort war es nicht weit zu meinen Eltern. Ich hatte dort noch mein altes Zimmer, wo wir jetzt zu dritt schliefen. Meinen Eltern hatte ich jedoch noch nichts gesagt, wollte das mit mir selbst erst klären.

Der Umzug in der Wohnung war relativ friedlich vonstatten gegangen. Holger bewohnte jetzt das Schlafzimmer mit einem kleinen Tisch,

einem Sessel und dem Fernseher. Mein Kleider-
schrank stand so wie so im Flur. Im Wohnzimmer gab es eine Schlafcouch für mich und den
anderen Sessel.

Die Kinder dachten, es sei wegen dem Schnar-
chen. Sie durften in Papis Zimmer fernsehen. Irgendwie war es friedlicher seitdem. Ich wusch
schon noch seine Wäsche und kochte am Wochenende für alle. Aber Abendbrot aß ich allein
mit den Kindern im Wohnzimmer. Damit gingen
wir den Diskussionen aus dem Weg, wenn Holger um diese Zeit nach Hause kam. Er ging
jetzt oft auch wieder weg.

Manchmal hatte ich Post von Victor, aus New
York, Chicago. Aus San Francisco schickte er
eine Karte mit einer schiefen Straßenbahn, die
nur bergauf fuhr. Die zeigte ich den Kindern.
Dann kam ein Brief, der mir wieder Hoffnung
machte. Er war nicht lang. Victor schrieb nur,
dass er bald aus Amerika zurück sei und dann
nach Prag müsse. Er fragte, ob ich nicht eine
Möglichkeit hätte, nach Prag zu kommen. Dort
könnten wir doch hinfahren. Wieder durchrieselte es mich. Nach Prag... Ich hatte keine Vorstellung, wie das gehen könnte.

‚Da denke ich morgen drüber nach...'

Einmal hatte Ulrich, meine Zugbekanntschaft,
angerufen.

„Hast du Lust, mit deiner Familie am Sonnabend zu uns zu kommen?" fragte er.

„Hm, schon, aber ich muss dir sagen, dass wir keine Familie mehr sind, ich lasse mich scheiden. Vielleicht doch lieber nicht, vielleicht ist das deiner Frau nicht recht."

„Na, sag mal, da brauchst du doch gerade gute Freunde, wo du dich mal ausheulen kannst! Lass mal, unsere Ehe ist so stabil, da gibt es keine Eifersucht."

Na, das war ja toll. So etwas gab es noch?

Dann lernten wir seine Familie kennen. Katrin und ich waren uns sofort sympathisch. Wir waren zum Kaffee gekommen. Katrin konnte wirklich prima backen. Es gab Apfelkuchen, den sie mit Zimt und Muskatnuss gewürzt hatte, mit dicken knusprigen Streuseln. Dazu Schlagsahne. Meine Kinder futterten, als gäbe es bei mir nie Kuchen. Während Uli dann ganz herrlich mit den Kindern spielte, kümmerten wir Frauen uns um die Küche. Ich lugte immer wieder durch die Tür und bewunderte Ulis Geduld mit den vier Kindern.

Dann fragte ich Katrin rundheraus, ob Ulis Einladung für uns nicht ungewöhnlich wäre. Es hätte ja sein können, dass Katrin doch eifersüchtig wäre. Sie lachte.

„Ach, weißt du, Juliane, wenn ich auf alle Leute eifersüchtig wäre, die Uli anschleppt. Er hat halt ein großes Herz und vermisst unseren Freundeskreis, den wir früher hatten, sehr. Es ist doch schön, dass Ihr euch kennengelernt habt, oder?"

Anschließend schlenderten wir zum Friedrichshain.

Die Kinder verstanden sich prima, außer dass Pauli Seppel in den Matsch geschubst hatte und Andi und Anne sich um ihr Fahrrad zankten. Wir Erwachsenen sahen es gelassen und hatten einen schönen Nachmittag. Katrin lud mich für die nächste Woche abends in die Frauensauna ein. Ich freute mich.

Nach dem Abendbrot saßen wir noch lange zusammen. Ihre Wohnung war sehr eigen und mit viel Phantasie eingerichtet. Man spürte die Hand der Künstlerin. Überall sah ich ihre geschmackvollen Glasmalereien, auf Fensterbildern, Vasen und Schalen. Sie erzählte, dass sie ihr Handwerk in Meißen gelernt hätte und dies die alten Meißner Motive wären. Ich dachte, dass ich lange nicht gemalt hatte.

Als ich später aufbrechen und die Kinder, die eingeschlafen waren, wecken wollte, sagte Katrin, ich sollte sie schlafen lassen. „Sie verstehen sich doch gut, und willst du sie jetzt durch die Nacht zerren? Morgen machst du dir mal einen schönen Tag, ganz allein für dich. Ist das ein Angebot?" sagte sie.

Na, so was hatte ich ja schon lange nicht mehr gehabt, einen Tag für mich.

„Danke, Katrin, das ist wirklich lieb von euch. Kannst du hellsehen?"

„Du musst doch jetzt eine Menge bedenken. So was macht man doch nicht alle Tage, sich scheiden lassen. Da ist es wichtig, dass man Freunde hat, auf die man sich verlassen kann."

Es war richtig ungewohnt, einen Tag nur für mich zu denken. Ich schlief lange. Das war der erste Luxus. Das nächste war, dass ich ausgiebig badete, völlig ungestört, denn Holger war bei seiner Schwester in Wildau. Kein Kind plärrte, ich solle aus der Wanne kommen und Streit schlichten, kein Kind wollte mit rein. Wie schön. Ich lief nackt durch die Wohnung, was ich schon lange nicht mehr gemacht hatte. Vor dem Spiegel blieb ich nachdenklich stehen.

Für wen ist denn dieser schön gebadete Körper? Für wen duftest du denn so gut? Ach, traurig drehte ich mich weg.

„Für mich! Mich, mich, mich!" rief ich laut und drehte mich wieder zum Spiegel, für wen denn sonst, du Traumfrau?

Ich bürstete lange meine Haare, cremte mich besonders sorgfältig ein. Dann holte ich lauter Sachen aus dem Schrank im Flur und probierte dies und jenes. Holte ein Stück von den Stoffen aus Aue und drapierte es um meinen Körper wie ein griechisches Gewand, nur über eine Schulter. Ich hielt es in der Taille mit einer langen Kette aus meinem Schmuckkramkästchen. Die Haare strubbelte ich wieder und wiegte mich und tänzelte vor dem offenen Schrankspiegel. Es sah feenhaft aus.

Plötzlich sah ich Holger im Spiegel hinter mir. Er kam von hinten auf mich zu und wollte mich festhalten. Ich erschrak und wickelte den Vorhang um mich, der den Schrank vom übrigen Flur abteilte und den ich zurückgeschoben hatte.

„Was ist denn?" fragte er. „Du bist doch meine Frau. Darf ich meine Frau nicht mehr umarmen?" Wie ignorant war er eigentlich?

„Nein", sagte ich, „das ist vorbei, Holger, auch wenn du heute mal nüchtern bist."

„Und für wen putzt du dich heraus, hast du einen anderen? Wo sind überhaupt die Kinder? Hast sie wieder an deine feine Verena abgeschoben. Und, wann kommt dein Galan dich abholen?"

„Du bist geschmacklos, lass mich in Ruhe. Du denkst, wenn du mir die Schuld in die Schuhe schiebst, machst du alles besser?"

Ich ging rückwärts zu meiner Tür, schlüpfte hinein und schloss erleichtert zu.

Er schlug an die Glasscheibe.

„Mach nur, du Schlampe", rief er.

Mein Gott, wie primitiv. Das war doch nicht der Mann, den ich geheiratet hatte. Nein, das musste wirklich ein Ende haben und zwar schnell. Ich zog mich an und fuhr zu Katrin und Uli, um die Kinder abzuholen.

Über Prag hatte ich wenig Zeit nachzudenken.

Im Betrieb waren inzwischen die Stoffe eingetroffen. Die Näherinnen der Weißnäherei waren begeistert. Der Fahrer von unserem Fuhrpark war mehrmals bei mir im Büro gewesen, um sich den Weg erklären zu lassen. Ich wunderte mich ein bisschen darüber, weil ich doch mit dem Zug gefahren war. Dann dämmerte es bei mir, weil Verena immer sofort losstürzte, um Kaffee zu machen. Ich hatte ihr Frau Rüschkes Rezept verraten und Carsten Noll, der Fahrer, schlürfte genüsslich, auch als der Weg schon ausführlichst durchgesprochen war. Er war ein großer, stämmiger Kerl Mitte zwanzig mit einer herzlichen und zuvorkommenden Art und hätte durchaus gut zu Verena gepasst.

Aber ich dachte mir meinen Teil.

„Gehen Sie mir ordentlich mit meinen Stoffen um, und legen Sie was unter, die sind sehr empfindlich", sagte ich noch zu ihm, dann schickte ich ihn los, ganz zum Leidwesen von Verena. Sie schickte sich drein und vertiefte sich wieder in ihre Arbeit. Ein bisschen musste ich noch sticheln: „Er gefällt dir wohl?"

„Hm", machte sie in ihrem Papierhaufen und wurde rot. „Jedenfalls ist er nicht so ein ungehobelter Klotz, wie die anderen Fahrer."

„Dann können wir ja tauschen beim Geldfahren", sagte ich. „Ich bin eigentlich mit Carsten Noll eingeteilt. Wäre dir das recht?"

Sie verschluckte sich an ihrem Rest Kaffee und nickte prustend.

„Schön, aber sag niemandem, dass wir das gemacht haben, sonst meckert der Chef wieder, dass wir uns in seine Kompetenzen mischen."

„Nie!"

Geldfahren war für uns aus der Betriebsleitung jeden Monat angesagt. Der Tag davor war zum Geldzählen. Im Betrieb gab es immer noch Leute, die kein Girokonto hatten. Die hatten aber einen Anspruch darauf, am Geldtag ihren Lohn in bar zu bekommen. Also musste das Geld an einem Tag gezählt und eingetütet und am anderen ausgefahren werden. Das war immer ganz lustig, vor allem wurde es extra bezahlt. Es war erstaunlich, dass nie etwas passierte. Wir saßen zwar in einem verschlossenen Raum, der nur auf Klopfzeichen geöffnet wurde, aber das hätte ja irgendwer beobachten und ausnutzen können. Auf den Tischen lagen immer 1-2 Millionen, denn der Betrieb hatte über hundert

Läden in Ostberlin mit jeweils 12-20 Mitarbeitern. Wir waren 10-12 Zähler. Es war nicht meine Lieblingsbeschäftigung. Ich machte es wegen des zusätzlichen Taschengeldes. Geldscheine stinken und fassen sich schmierig an, wenn sie nicht neu sind.

Das Geldfahren war immer eine Tour durch die ganze Stadt. Jeder Wagen, natürlich Trabant Kombi, war mit einem Fahrer und dem Geldverteiler und einer Tasche voller Geld ausgerüstet.

Verena zwinkerte mir zu, als sie sich mit Carsten auf den Weg machte. Am nächsten Tag schwärmte sie, was Herr Noll für ein Netter wäre. Er hatte sie nach der Tour zu Eisbecher und Kaffee eingeladen.

Victors Reise nach Prag rückte immer näher. In seinen Briefen drängte er mich, zu kommen.

Holger hatte mir mehrfach unterstellt, einen Freund zu haben. Das mit Victor hatte jedoch überhaupt nichts mit unserer kaputten Ehe zu tun. Ich wollte mir aber nichts vorwerfen lassen und so plante ich das Ganze als „verdeckte Operation", auch wegen meines Betriebes.

Victor hatte geschrieben, dass er Mitte Juni nach Prag wollte. Er hatte aus New York angerufen. Ich hatte noch nie einen Anruf aus den USA gehabt. Es war, als ob er neben mir stand. Wir verabredeten den Termin. Ich fragte meine

Eltern, ob sie Pauli und Verena, ob sie Andi nehmen würden, weil keine Ferien waren. Sie sagten alle zu. Ich kaufte ein Ticket im Liegewagen und bereitete meine Sachen vor. Diesmal wollte ich auf alles eingerichtet sein. Ich nähte mir noch verschiedene Dinge, auch aus dem weißen Stoff aus Aue. Im Betrieb nahm ich einen Haushaltstag und drei Tage Urlaub. Ich wollte mir Zeit lassen. Für Holger war ich zu einer Schulung von der Partei. Das war Pflicht, dem konnte man sich nicht entziehen. Die Lüge drückte mich aber.

Dann war der Tag endlich da. Er zog sich unendlich in die Länge. Der Zug würde erst spät abends fahren. Ich ging noch zur Bank und tauschte ein paar Kronen. Victor hatte zwar gesagt, ich würde nichts brauchen, denn er könnte zu einem sehr günstigen Kurs tauschen. Aber ich wollte das nicht. Ich wollte mein eigenes Geld haben.

Wir würden im größten und neuesten Hotel von Prag wohnen. Ich war sehr gespannt. In so einem teuren Hotel hatte ich noch nie gewohnt. Drei Tage! Vormittags hatte ich Pauli zu meinen Eltern geschafft.

„Wie geht es mit Holger?" fragte mein Vater.

„Eigentlich ganz gut. Durch die räumliche Trennung und seine Dienste sehen wir uns kaum. Um die Kinder hat er sich ja nie viel gekümmert. Ich war beim Anwalt und habe die Scheidung eingereicht. Der meinte, das wäre alles kein Problem."

„Und die Wohnung, wirst du sie bekommen?" Meine Mutter hatte Pauli auf dem Arm.

„Ich denke schon, mit den beiden Kindern. Sie kostet ja nur 100 Mark."

Nach dem Mittagessen fuhr ich zurück und packte die restlichen Sachen. Wenn Holger nach Hause kam, wollte ich weg sein. Ich holte Andreas vom Hort ab und fuhr mit ihm zu Verenas Wohnung. Sie war noch im Büro und hatte mir ihren Schlüssel gegeben. Unten im Haus gab es eine Eisdiele.

„Komm, wir essen ein Eis zum Abschied", sagte ich zu Andreas, nachdem wir unsere Sachen hochgeschafft hatten. Er freute sich. Als Verena kam, hatte ich Abendbrot gemacht, und wir aßen zusammen. Sie wusste als einzige wo ich war.

„Hier ist noch die Nummer von dem Hotel in Prag", sagte ich zu ihr am Bahnhof Lichtenberg, „nur falls irgendetwas Dringendes ist."

Verena stand mit mir am Zug, mein Gepäck war schon drinnen. Treue Seele, wenn ich sie nicht hätte.

„Lass dich mal richtig verwöhnen. Du hast es lange genug für andere getan, jetzt bist du mal dran."

„Hoffentlich ist das nicht zu viel Abenteuer, was ich mir da vornehme. Eigentlich kenne ich Victor doch gar nicht."

„Na, du spinnst vielleicht", rief sie aus. „Selbst wenn man wollte, man könnte dir diese verrückte Idee nicht ausreden. Hoffentlich fährt dieser Zug bald."

Wir umarmten uns.

Langsam verließ der Zug die Halle. Ich lehnte mich aus dem Fenster und winkte. Verena lachte. Sie machte eine Geste, die wohl bedeuten sollte: Nun hau schon endlich ab.

Mir war mulmig im Magen. Da hatte ich mir ja etwas Tolles ausgedacht. Mit einem wildfremden Mann in eine wildfremde Stadt zu fahren. Mir wurde immer mulmiger. Aber jetzt war es zu spät. Victor würde in Praha Holesovice stehen und sich die Augen nach mir ausschauen. Ein paar Stunden nur noch.

Der Schaffner kam und klappte die Liegen herunter. Im Abteil saß eine ältere, etwas gewöhnliche Frau. Sie roch etwas stark, was meinem Magen noch mehr aufregte. Nun, die paar Stunden würde ich schon durchhalten. Ich öffnete das Fenster wieder einen Spalt, legte mich hin und schloss die Augen. Schlafen konnte ich nicht. Dazu war ich zu aufgeregt.

Auf einmal ging die Tür auf und Holger stand vor mir. Ich erschrak fürchterlich. Woher wusste er, dass ich nach Prag fuhr? Hatte er in meinen Sachen gestöbert? War er mir nachgefahren? Das ging ihn doch alles nichts mehr an! Mir schossen blitzschnell die Gedanken durch den Kopf. Er kam auf mich zu.

„So hast du dir das also ausgedacht, die Kinder abstellen und dann mit deinem Lover durch die Welt gondeln. Auch noch einem Westler. Ich war dir wohl nicht mehr gut genug?" Er griff meine Arme und schüttelte mich.

„Wir sind gleich in Prag", rief er.

Ich versuchte mich loszureißen.

„Wachen auf, wir gleich in Praha. Zehn Minut!"

Ich riss die Augen auf, kein Holger, nur die Frau, die an mir rüttelte.

„Danke."

Ich war noch ganz benommen, kramte einen Kaugummi aus der Tasche, gegen den Geschmack im Mund, schaute in den Spiegel, kämmte mich eilends und strich meine Sachen glatt. Da war auch schon der Bahnsteig.

‚Praha Holesovice', trostlos wie alle Bahnsteige, keine Menschenseele früh um fünf nach vier. Doch, eine Menschenseele saß auf einer Bank, ein Mann Mitte vierzig in Jeans und Lederjacke wartete auf Juliane aus Berlin.

Ach, wie oft hatte ich versucht, mir sein Gesicht vorzustellen. Immer war es verschwommen. Und jetzt schaute er mich an und lächelte. Er sah etwas müde aus. Mein Abteil hielt genau vor ihm. Ich sah ihn durch das Türfenster. Einen Moment lang versanken unsere Blicke ineinander und die Welt um uns herum.

„Machen Sie doch die Tür auf", sagte jemand.

Victor zog schon von außen an der Tür. Schaute mich fortwährend an. Er nahm meine Sachen ab, stellte sie hinter sich auf den Bahnsteig und nahm mich wortlos in seine Arme.

„Machen Sie doch den Weg frei", schimpfte dieselbe Stimme.

Es gab nur uns beide. Ich fühlte mich wunderbar geborgen, nichts war fremd, als ob wir nie getrennt gewesen wären. Als ob wir uns schon lange, lange kannten.

„Juliane", sagte er auf seine unnachahmlich kehlige Art meinen Namen.

Wir sahen uns an. Blaue Augen, nie vergessen.

„Drei Tage, eine Ewigkeit."

„Ja."

Mit einem Taxi fuhren wir ins Hotel. Die Anmeldung war zum Glück unproblematisch. Mit dem Lift in den 17. Stock. Das Zimmer war wie wohl alle Hotelzimmer, nur dass es einen Balkon hatte, mit einem wunderschönen Ausblick auf die Stadt und die Moldau, die sich unter uns dahinschlängelte. Ich hatte noch nie in solch einem Zimmer gewohnt.

„Willkommen", sagte Victor.

„Bist du schon lange da?" fragte ich.

„Seit gestern Nachmittag, wir hatten auch schon Verhandlungen bis spät abends."

Er war ja auf Dienstreise.

„Außerdem musste ich Dein Kommen vorbereiten."

Er zog mich an sich und küsste mich zärtlich. Ich schloss die Augen und küsste ihn wieder. Ein Gefühl, das ich vergessen hatte, durchflutete mich.

„Juliane", schluchzte Vic. „Ich habe nicht zu träumen gewagt, dich noch einmal im Arm halten zu dürfen. Meine Juliane! Komm, ich will dir ganz nah sein, nichts zwischen uns."

Später hielten wir uns fest, lächelten uns an – Glückseligkeit – schliefen eng umschlungen ein.

„Ach, du, es gibt nichts Schöneres...", hatte er wieder gesagt.

Als ich aufwachte, schien die Sonne ins Zimmer.

Ein Blick auf die Uhr – schon halb zehn. Ich rief Vic, nichts.

Zwei Sessel und ein kleiner Tisch standen am Fenster. Auf dem Tisch eine Vase mit roten Rosen, davor ein Flacon, eine Karte, Westgeld.

Ich las:

Meine liebe Traumfrau!

Ich muss um neun in einer Verhandlung sein, die etwa bis Mittag geht. Du schläfst so fest, ich will Dich nicht wecken.

Das Parfüm ist für Dich, ich glaube es passt zu Dir. Mach Dir einen schönen Vormittag. Erwarte Dich gegen 14 Uhr im Hotel. Hier ist Geld.

Victor

P.S: Es ist schön, dass Du da bist.

Ich fühlte mich traurig und leer. Darüber hatten wir nicht gesprochen, keine Zeit dafür gehabt. Aber ja, er war nicht im Urlaub hier. Die Parfüm-flasche sah toll aus. Ich schnupperte, hmm, edel. Schnell duschte ich, zog mich an und fuhr ins Erdgeschoss.

„Frühstück, gnädige Frau?"
Gnädige Frau…
„Ja, gerne."

Der Kellner sprach ein niedliches Deutsch mit typisch tschechischem Akzent. Ich war fast allein im Raum. Die Sonne strahlte durch die großen Fenster, die auf die Moldau gingen. Mein Parfüm duftete, und ich frühstückte wie First Lady. Ach, so hatte ich noch nie... Märchen in Fortsetzung.

Ich schwebte auf einer Wolke und wollte mit Westgeld bezahlen, aber der Kellner sagte, es würde auf das Zimmer geschrieben. Ich gab ihm fünf D-Mark Trinkgeld. Zuhause hätten sie mich verprügelt dafür.

Dann versteckte ich das Westgeld doch im Zimmer und nahm meine Kronen.

Ich schlenderte über den Wenzelsplatz und kaufte verschiedene Sachen, die es bei uns nicht gab. Eine hübsche bunte Schulmappe für Andi, dicke lindgrüne Wolle mit Noppen und eine süße Puppe für Pauli. Für Verena fand ich ein sehr schickes T-Shirt.

Um zwei war ich wieder im Hotel.

Die Sonne stand hoch am Himmel, und der weite Blick verschwand im duftigen Sonnenglast. Victor war auf dem Balkon, als ich ins Zimmer trat und bemerkte mich zunächst nicht. Er hatte sein Hemd ausgezogen und stand dort mit freiem Oberkörper. Barfuß schlich ich näher und schlang meine Arme von hinten um ihn.

Er erschauerte.

„Oh, Juli, mein Sommer!"

Ich war erhitzt vom Laufen, denn der Tag war warm. Er schob zärtlich meine Bluse von meinen Schultern und wenig später stand auch ich oben ohne da. Die Luft fächelte mir Kühle zu. Niemand konnte uns sehen. So hoch oben. Ich spürte seine Männlichkeit, sein Drängen und streifte uns die restlichen Sachen vom Leib. Mich hatte ein Sehnen erfasst, das ich nicht beschreiben konnte.

„Komm zu mir", bettelte ich.

Dort, wo wir standen, liebkosten wir uns, vergaßen Zeit und Raum. Wie hatten wir einander vermisst! Ein Jauchzen ging durch unsere vereinsamten Körper und Seelen. Es war ein wunderbares Glücksgefühl, bei ihm zu sein, mit ihm zu sein. So nah.

Danach duschten wir gemeinsam, streichelten uns wieder und wieder, verzücktes Staunen beieinander zu sein. Er trug mich ins Bett, so nass wie wir waren, konnten wir einander nicht loslassen vor Verlangen, Sehnen, zusammen sein zu wollen. Genossen es bis zur köstlichen Neige.

Nachmittags wanderten wir durch die Prager Altstadt. Eng umschlungen, Hand in Hand. Tranken Kaffee und tschechisches Bier, erzählten über uns, jeder über sich, bestaunten die engen Gassen, die alten Häuser der Patrizier.

Wie zwei Schmetterlinge taumelten wir in unserem Glück, es nicht fassen könnend, uns immer wieder anschauend, ob es auch wahr sei und kein Traum.

Plötzlich wurden wir angesprochen.

„Tauschen Demark, gute Kurs?"

„Wie viel?" fragte Victor.

Der Mann nannte einen guten Tauschkurs. Vic nickte und zog 100 DM aus der Tasche. Der Fremde riss uns plötzlich mit sich und zog uns in einen Hausflur.

„Du vorsichtig wegen Polizei, schnell machen", sagte er. Er zählte Vic schnell das Geld auf die Hand, und ehe wir uns versahen, war er auch schon verschwunden. Wir traten ins Freie, die Sonne blendete. Von dem Mann keine Spur mehr, Polizei aber auch nicht. Vic schaute auf das Geld, zählte.

„Der hat uns betrogen, das stimmt nicht. Es ist ganz wenig, vielleicht für 15 Mark." Er war richtig wütend. So hatte ich ihn noch nicht erlebt.

„Der hat ausgenutzt, dass wir noch von der Sonne geblendet waren."

Auf einmal lachten wir los. Die Situation war zu komisch. Der große Westmanager wird von kleinem Ostganoven übers Ohr gehauen.

„Da werden wir morgen schon abreisen müssen", sagte Vic.

Ich erschrak. Jetzt lachte er noch mehr und umarmte mich. Wann hatte ich Holger das letzte Mal so herzlich lachen sehen? Ich glaubte noch nie.

„Keine Angst, Traumfrau, ein bisschen habe ich noch, aber das tauschen wir jetzt bei einer Bank."

Abends saßen wir in einer typischen Prager Kneipe, im Hof. Dort waren Bänke und Tische und es traf sich buntes Volk. Die Nacht war schon sommerlich warm, und der Flieder duftete an jeder Ecke. Dunkles würziges Bier machte in großen Krügen die Runde. Man hörte verschiedene Sprachen, Dialekte. Vor allem Deutsche waren da, heiter, bierselig.

Vic und ich philosophierten über Gott und die Welt. Wir hatten beide viel gelesen, liebten Goethe und Shakespeare. Und immer wieder Simmel. Ich erzählte, dass ich sehr gern alte Literatur lesen würde, vor allem Frauenschicksale um die Jahrhundertwende. Ich hatte „Die Heilige und ihr Narr" von Agnes Günther mehrfach verschlungen.

„Das spielt in meiner Heimat, dem Hohenloher Land. Das Schloss ist in Langenburg an der Jagst."

„Ach, wenn ich es doch einmal sehen könnte!" rief ich aus.

„Ja, wenn du so einfach mal zu mir kommen könntest. Ach, Juliane." Wir küssten uns. Aber wir wollten nicht traurig sein. Wir stellten fest, dass wir beide Bücher gern mehrfach lasen.

Vic erzählte noch von seinen Reisen, die er beruflich unternahm. Wenig von unseren Familien, es war nicht wichtig. Wir waren Außerirdische auf einem Stern, der Prag hieß. Wir sahen uns an und waren uns genug. Seine Augen streichelten mich immer wieder zärtlich, und seine weichen warmen Hände hielten mich fest, als wollten sie mich nie wieder loslassen. Als wir dann durch das romantisch erleuchtete Prag wanderten, funkelten die Sterne über uns. Fliederduft betörte unsere Sinne, und unsere Gefühle überfluteten uns wie eine Woge.

Am nächsten Morgen erwachten wir gemeinsam. Arm in Arm lagen wir noch eine Weile im Bett.

„Wollen wir im Bett frühstücken?" fragte Vic.

„Geht denn das?"

„Na, klar, für Westgeld geht alles... Entschuldige."

Er schaute mich nachdenklich an, dann griff er zum Telefon und bestellte ein luxuriöses Frühstück. Sekt, Kipfel, wie die Croissants hier hießen, Kaffee, Tee, Omelett mit frischen Erdbeeren und Sahne, französischen Käse, Kaviar, Lachs, eine köstliche Palette.

„Ich trinke lieber Tee, englisch", sagte er.

„Ich auch."

„Ach, ja, stimmt, Morgenbrise."

„Warum haben wir dann Kaffee bestellt?"

„Vielleicht kommt noch jemand?"

Wir alberten herum, wie Kinder, waren fröhlich und ausgelassen.

Plötzlich wurde Vic ernst und sagte: „Du musst nicht denken, Juliane, dass ich immer so auf den Putz haue und hier so richtig einen auf Westler machen will. Durch den günstigen Umtauschkurs ist für mich alles sehr preiswert. In Heilbronn wäre alles viel teurer. Ich würde auch nicht so verschwenderisch leben, das ist nicht meine Art. Aber ich möchte dich richtig verwöhnen, und hier kann ich das. Wer weiß, wann wir mal wieder die Gelegenheit haben."

Wir schauten beide ein bisschen traurig. Ich umarmte ihn zärtlich und kuschelte mich an ihn.

„Scht. Das ist unser Märchen, das geht nie zu Ende!"

„Traumfrau."

„Ja, das bin ich wohl, deine Traum-Frau und werde nie Wirklichkeit."

„Denk jetzt nicht daran."

Ein leichter Wind wehte über die Moldau, die Sonne schien genauso schön wie am Vortag. Ein wunderbar warmer Frühlingstag. Ein

Raddampfer fuhr unter den Brücken hindurch. Wir fuhren mit, schauten, schauten, hielten uns an den Händen. Eine leichte Brise wehte durch meine Haare. Vic kuschelte zärtlich seine Lippen in meinen Nacken, und jede Faser erschauerte in mir.

„Ich möchte dir etwas schenken", sagte Vic später, „zur Erinnerung an unseren Traum."

In einem Schmuckgeschäft suchte Vic eine Kette mit einem kleinen goldenen Anhänger aus. Es war eine Rose, mit Granatsteinen besetzt. Sie gefiel mir sehr gut. Er legte sie mir gleich um den Hals. Sie passte gut zu mir.

„Sie wird mich immer an dich und unsere schöne Zeit hier erinnern."

Ich kaufte für Vic eine Krawattennadel, die eine ebensolche Rose trug, mit Granatsteinen, die wie dunkle Blutstropfen aussahen.

„An mein Herz", sagte er und hielt sie in der Höhe an die Brust, wie sie mit einer Krawatte sitzen würde. Heute hatte er keine an.

„Ich danke Dir, geliebtes Herz." Tiefdunkel schauten seine Augen mich an.

Abends, meinte Victor, wären wir verabredet. Ich war erstaunt. Wer wusste denn von unserem Hiersein?

Wir fuhren zum Hradschin, der Prager Burg. Tief unten im Gemäuer gab es ein Restaurant, wo wir zu Abend essen wollten. Da saß auf einmal

Herr Kissingen und wartete scheinbar auf Victor. Auch er war überrascht, freute sich aber mich zu sehen.

„Manchmal denke ich, Frau Sintau, Herr Scabra kann zaubern. Da zaubert er in Leipzig und hier schon wieder", sagte er.

Vic schmunzelte.

„Wissen, Sie", sagte Herr Kissingen noch, „seit dem Unfall seiner Frau, ihrer Querschnittslähmung und der zunehmenden Demenz habe ich oft gedacht, dass er kein Leben mehr hat. Nur gut, dass sie jetzt seit einem Jahr in einem Stift ist. Trotzdem lebt er wie Diogenes in der Tonne. Es wurde Zeit, dass er Sie getroffen hat, auch wenn es schwierig ist."

Es tat mir gut, zu hören, dass Verena Unrecht hatte. Vic schwieg.

„Victor, der Sinn des Lebens ist leben!"

„Ich weiß, Harald, Sie haben ja recht. Aber man kann halt nicht aus seiner Haut. Dann müsste ich ein anderer sein. Ohne Verantwortungsgefühl."

„Sie nehmen Ihre Verantwortung doch trotzdem wahr, und Sie nehmen Ihrer Frau nichts weg. Leben Sie endlich wieder!"

Vic legte den Arm um mich, hauchte einen Kuss auf meine Wange und sagte: „Ich gebe mir gerade die größte Mühe, oder nein, es macht ja keine Mühe. Es macht unglaublich Freude!"

„Man sieht Ihnen beiden an, wie gut Ihnen das tut. Und jetzt Schluss, ich habe Hunger. Was essen wir?" „Na, Steak, was sonst?" sagte Vic. „Herr Kissingen isst immer nur Steak. Wahrscheinlich stammt er aus Texas." Victor hatte seinen Humor wiedergefunden. Also bestellten wir: Vic wollte sein Steak blutig, aber heiß, ich meins halb durch, was vornehm medium hieß, und Herr Kissingen seins gar. Die ganze Zeit war ich gespannt, wie der Koch die feinen Unterschiede hinbekäme und ob auch jeder sein bestelltes Steak erhalten würde.

„Siehst du auf dem Fleisch die kleinen Fähnchen?" fragte Victor mich. Jetzt sah ich es auch, drei verschiedene.

Es schmeckte köstlich. So etwas hatte ich noch nie…

Meine beiden Begleiter unterhielten mich hervorragend. Sie erzählten von gemeinsamen Reisen. Herr Kissingen war Betriebswirt. Er managte die finanzielle, Vic die technische Seite der Verträge. Sie kannten sich schon viele Jahre. Ich wunderte mich, dass sie dann immer noch per Sie waren. Aber das war wohl im Westen so üblich.

Später fuhren wir ins Hotel zurück.

„Lass uns in die Hotelbar gehen", sagte Vic. „Ich möchte noch einmal mir dir tanzen."

Ich zog mein weißes Batistkleid aus dem Stoff aus Aue an, das meinen dunklen Teint gut zur Geltung brachte. Es war wie ein griechisches Gewand geschnitten, mit einem Gummizug in der Taille. Ich trug es mit einem goldenen Gürtel und nichts darunter. In der Bar brannten nur Kerzen. Vic fuhr beim Tanzen mit den Händen in die weiten Ärmelausschnitte und legte sie auf meine nackten Arme. Meine Kette glitzerte im Ausschnitt. Es war ein wunderbares Gefühl, so mit ihm zu tanzen. Seine Hände glitten hinab über meine Hüften, er stutzte:

„Du hast nichts an, nur das Kleid?"

„Sch…", machte ich, „nur für dich."

„Du machst mich wahnsinnig, du Traumfee."

Er zog mich ganz fest an sich und biss in mein Ohrläppchen.

„Löwe du, blutiges Fleisch fressender, lass mein Ohr dran!" Ich kicherte.

„Ja, ich will dein Fleisch, mit Haut und Haar. Komm, die spielen ihre lausige Musik auch ohne uns."

Auf dem Zimmer reckten die Rosen ihre Köpfe mir entgegen. Ich hatte keine Ahnung, wie ich sie nach Hause bringen sollte.

Vic hatte eine Flasche Sekt mit nach oben genommen.

Wir saßen nebeneinander auf dem Balkon mit

dem Blick auf das erleuchtete Prag. Es war weit nach Mitternacht, aber auch nur eine Sekunde zu schlafen, wäre Frevel.

Wir schauten in die Nacht und die träge dahinfließende Moldau.

,Ich liebe dich, Vic', dachte ich, konnte es aber nicht aussprechen.

„Ich liebe dich, Juliane. Ich muss es dir jetzt sagen. Es kann schon sein, dass wir uns nie wiedersehen, aber das haben wir in Leipzig auch gedacht. Lass uns nicht daran denken. Ich will dich spüren, bis zur letzten Sekunde."

Wir küssten uns lange. Wir schliefen miteinander, sanft darauf bedacht, jeden Moment auszukosten. Dazwischen sahen wir uns an und berührten uns zärtlich. Vic strich sacht über meine Haut und ließ jede Faser meines Körpers erschauern.

„Vergiss mich nicht", flüsterte er. „Vergiss das leise Schwingen nicht, das inniglich uns verbindet."

Die Vögel fingen an zu zwitschern, am Horizont wurde es langsam hell. Wir schmiegten uns aneinander und sahen in den aufgehenden Tag, der uns trennen würde, vielleicht für immer.

„Vergessen soll ich dich? Ich kann es nicht", sagte ich leise.

Ich stand auf, nahm die Rosen in meine nackten Arme und ging, wie ich war, auf den Balkon.

Vic folgte mir. Ich zupfte ein Blütenblatt nach dem anderen ab und sagte, während ich sie in die Moldau hinabwarf: „Wir sehen uns wieder! Tausend Wünsche gebe ich den Rosenblättern mit, dass wir uns wiedersehen."

Vic umfasste mich, während ich langsam alle Rosen dem Wind und dem Fluss übergab.

Zum Frühstück tranken wir nur Tee, englisch.

„Das nächste Mal trinken wir Morgenbrise zusammen."

„Ich liebe dich", sagte ich jetzt.

Er küsste meine Hand „Forever."

Ein Taxi brachte uns zum Flughafen. Sein Flug ging eher als mein Zug. Er hatte einen Geschäftsanzug an und eine Krawatte mit der Rosennadel. Da wirkte er plötzlich so streng, der elegante Herr aus dem Westen.

„Weißt du", sagte Vic, „es gibt doch eigentlich keine richtige Chance für uns. Dieser Staat wird uns immer Probleme machen. Und wir sind beide verheiratet."

Ich hatte ihm nichts von meiner Scheidung erzählt.

„Wie soll das gehen, wie sollten wir uns treffen? Ich habe selten in Berlin zu tun. Und wie sagt Goethe: Die Liebe stirbt mit der Entfernung."

Jetzt war er wieder ganz Verstandesmensch, aber ich musste ihm Recht geben.

Unser Abschiedskuss war kurz, als seine Maschine aufgerufen wurde. Er riss sich los, nahm seinen Koffer und ging. Ich sah Tränen in seinen Augen. Als er die Schranke passierte, dachte ich: ‚Es ist wohl das letzte Mal, dass ich ihn sehe', und verspürte so einen Druck im Hals.

Als das Telefon klingelte, war Holger schneller als ich am Apparat.

„Ja", brüllte er in den Hörer, denn er fühlte sich beim Fernsehen gestört. Dann lauschte er und wurde immer ärgerlicher.

„Falls Sie meine Frau meinen, die ist für Herren mit Ihrem Dialekt nicht zu sprechen." Er legte auf.

Ich stand wie vom Donner gerührt an der Tür.

„Was geht dich noch an, mit wem ich telefoniere?!" empörte ich mich.

„Und ob mich das was angeht, wenn meine Frau sich als Westhure betätigt, die feine Genossin."

Ich holte aus und schlug ihm mitten ins Gesicht.

„Weder bin ich deine Frau, noch Genossin, ich bin aus der Partei ausgetreten", sagte ich.

„So, hat dir das dein feiner Westgalan geraten?" Er rieb sich die Wange.

„Du hast doch selber Westverwandtschaft und sie nicht angegeben!"

Als ob er so parteitreu wäre!

„Das ist ganz was anderes."

„Natürlich ist es bei dir immer ganz etwas anderes. Lass mich in Ruhe, wir sind geschieden, basta."

Zu irgendeinem Zeitpunkt hatte ich es satt gehabt. Die Scheidung von Holger war ziemlich glatt verlaufen. Ich hatte die Kinder und die Wohnung zugesprochen bekommen, er den Garten, was mir sehr wehtat. Aber ich brauchte die Wohnung, wollte die Kinder nicht auch noch aus ihrer gewohnten Umgebung reißen.

Weil es aber in Berlin keine Wohnungen gab, zog er nicht aus. Da konnte mir die Wohnung zehnmal zugesprochen worden sein, das nützte mir gar nichts, und er wusste das auch. Ich blödes Schaf mit meinem Gerechtigkeitssinn. Ich dachte, wenn ich die Wohnung bekäme, wäre es nur gerecht, wenn er den Garten erhielte. Ich hätte ja schlecht mit den Kindern in den Garten ziehen können. Dabei hätte ich beides zugesprochen bekommen können, sagte mir die Richterin hinterher. Aber Juliane wollte ja fair sein.

Auf dem Wohnungsamt hatten sie mir gesagt, es gäbe dringendere Fälle als meinen, und die Wohnungen, die ich ihnen als leer stehend nachwies, wären für Parteikader.

„Ich bin auch Parteikader", sagte ich schnippisch zu der Frau beim Wohnungsamt.

„Dann lassen sie sich eine Dringlichkeit von Ihrer Parteigruppe bestätigen", antwortete sie.

Ich lief also zu unserem Parteisekretär. Ich hatte noch nie um etwas gebeten, er war mir total
unsympathisch.

Er war ein schmuddeliger, dicklicher Mann Ende
vierzig, der mir, als ich in den Betrieb gekommen war, unter dem Parteimäntelchen das Du
aufgedrängt hatte.

„Was machst du, Juliane, wenn ich dir eine
Wohnung besorge?" fragte er anzüglich.

„Wie, was soll ich machen?" Ich verstand nicht,
was er meinte.

„Lädst du mich dann zu dir ein? So aus Partei-
freundschaft?"

„Zum Kaffee?" fragte ich vorsichtig.

„Nur zum Kaffee, das finde ich aber schade."

„Wieso?"

„Na, weil du doch sonst so offenherzig bist."

„Was soll das heißen?"

„Man erzählt sich so allerhand über dich. Wäre
doch nett, oder? Wo du jetzt geschieden bist…"

Er grapschte mit seinen schmuddeligen Fingern
nach mir und krallte sie in meine Brust. Gerade
noch konnte ich mich ihm entwinden.

„Du Schwein!"

Damit war ich aus der Tür.

Danach legte ich bei der Parteileitung mein Par-
teibuch auf den Tisch. Ich war nie eine besonders

gute Genossin gewesen. Im Studium hatte man mir nahegelegt, doch Mitglied zu werden, was ich getan hatte. Ich war aber stets verärgert, dass ich 50 Mark Parteibeitrag jeden Monat berappen musste und montags nach Feierabend immer Versammlung war.

Ich wollte in meinem Leben reinen Tisch machen.

Also trat ich aus, weil ich mich unehrlich fühlte, noch länger Mitglied zu bleiben. Außerdem wollte ich mit so einem Grapscher nicht in einer Partei sein. Also auch nichts mit Dringlichkeit.

Holger meinte dann eines Tages, er würde aus der Wohnung nicht ausziehen, auch wenn sie ihm eine Wohnung nachweisen würden, weil er nicht wollte, dass ich sie behalte.

„Meine Genossen werden mich unterstützen", sagte er noch.

Ja, so ist das in der Partei, dachte ich.

Da gab ich kurzerhand eine Annonce zum Tausch auf, eine große Wohnung gegen zwei kleine, um die Kinder und mich vor dem ständigen Terror zu retten.

Ich schaute etliche Wohnungen an. Wenn mir eine gefiel, gefiel Holger die andere garantiert nicht. Letzten Endes willigte ich ein, als er endlich eine passende für sich fand, wenn auch meine nicht meinen Vorstellungen entsprach.

Mit Hilfe von Ulrich, Herrn Freder und Verena organisierte ich den Umzug in eine Altbauwohnung mit Ofenheizung im 4. Stock im Prenzlauer Berg, ohne Telefon, ohne Balkon, mit einem 13 Meter langen Flur. Aber mit Bad. Himmelshaus. Sie war so weit oben, dass man den Himmel fast anfassen konnte und sehr schön hell. Meine Wohnung. Die Kinder waren froh, dass der Krieg und die Zankerei endlich ein Ende hatten.

Ich schrieb an Victor die neue Adresse und dass er mir jetzt direkt schreiben könne, ich jedoch kein Telefon hätte.

Er schrieb zurück, dass er für längere Zeit nach Amerika müsse und sich wenig melden könnte.

Einige Zeit nach dem Umzug holte Holger Pauli. Er fragte mich, ob ich nicht den Garten nutzen wolle und gab mir die Schlüssel wieder. Er würde ihn mir sogar verkaufen. Dafür wollte er genauso viel, wie er gekostet hatte, und zwar einen Wartburg, nicht mehr als fünf Jahre alt, der noch zwanzigtausend wert wäre.

Er hatte kurz vor der Scheidung, ohne mich zu fragen, Knall und Fall den Lada gegen einen uralten Trabant getauscht, den er mir überließ, weil er immer noch Fahrverbot hatte.

„Wie soll ich denn das machen?" fragte ich ihn.

„Wenn du den Garten haben willst, lass dir was einfallen."

Zuerst war ich ungläubig, ob er es ehrlich meinte. Doch dann fing ich an, darüber nachzudenken. Meine Anmeldung auf einen Skoda war bald fällig. Vielleicht konnte ich sie tauschen gegen einen alten Wartburg. Ich wollte Herrn Freder fragen.

Also rief ich bei ihm im Büro an.

„Rabenau", meldete sich Hagen.

Ich meldete mich und fragte ob Herr Freder da wäre.

„Auf Dienstreise in Prag."

In Prag...

„Kann ich dir helfen?" fragte er.

„Eher nicht."

Plötzlich kam mir eine Idee. Hagen hatte immer überall Autos gehabt. Ich fragte ihn. Er meinte, er wüsste da jemanden, vielleicht würde es klappen.

Eine Woche später rief er mich zurück und sagte, er hätte einen fünf Jahre alten, gut erhaltenen Wartburg, und der Eigentümer wolle nur achtzehntausend.

Ich beschloss all meinen Schmuck, alle Wertsachen zu verkaufen, um das Geld zusammen zu bringen.

Meine Eltern konnten mir nicht viel geben. Auf meinem Konto hatte ich sechstausend gespart. Die Wertsachen brachten noch einmal viertausend. Danach hatte ich nicht mal mehr einen

Ring am Finger. Nur noch die Kette von Vic mit dem Rosenanhänger. Bei den Erinnerungen an meine Oma heulte ich wie ein Schlosshund. Am meisten hing ich an dem Streublümchengeschirr. Aber es war für einen guten Zweck, und so landeten die Sachen beim VEB Antiquitätenhandel, der zu unserem Kombinat gehörte. Verena begleitete mich bei jedem schweren Gang, damit ich vor lauter Heulen nicht noch einen Rückzieher machte. Meine Mutter hatte sich von ihren geliebten Goldköpfchen-Büchern getrennt. Sie hatte die ganze vollständige Sammlung gehabt. Wie hatte ich die Bücher als Kind geliebt! Es war die Geschichte eines Mädchens um die Jahrhundertwende. Die brachten noch einmal 500 Mark.

Mehrfach bestätigte mir Holger, dass es o.k. sei und ich tatsächlich den Garten bekäme.

Durch meine Näherei besaß ich noch etwas Westgeld, 300 DM. Nach Feierabend nähte ich manchmal noch für einige von meinen früheren Kundinnen, um mein Gehalt aufzubessern. Eine davon war aus Westberlin. Sie gab mir den Macherlohn 1:1 in DM. Es war für sie trotzdem viel billiger, als wenn sie sich drüben hätte etwas nähen lassen.

Mir fiel ein, dass es aus meiner Lehrerzeit einen guten Freund gab, der mir helfen würde. Er war genau der Richtige dafür. Ich wusste, dass ich ihn als einzigen bitten konnte, mir das Geld 1:10 zu tauschen, wie jetzt der inoffizielle Kurs war. Ich schickte ein Telegramm an Steffen.

„Brauche dich ganz dringend."

Steffen war mein Schüler gewesen, in der ersten Schulklasse, die ich nach dem Studium übernommen hatte. Es war eine 10. Klasse, ich war damals kaum älter als meine Schüler. Steffen kam mich immer mal besuchen, erst als Schüler, später als Freund. Ich wusste nicht, womit ich diese Freundschaft und Anhänglichkeit verdient hatte. Zwei Tage nach meinem Telegramm stand er in der Tür, mit einem riesigen Blumenstrauß. Wo er den herhatte, wussten die Götter. Solche Blumensträuße gab es bei uns nicht. Und er sah mich sehr fragend an.

Ich erklärte ihm die Sachlage.

„Ich konnte ja schlecht reinschreiben: Hilf mir Westgeld tauschen", sagte ich und fragte ihn, ob er mir helfen könne, das Geld zu tauschen.

„Juliane, mir fällt ein Stein vom Herzen. Ich dachte du meinst, du bräuchtest mich als Mann, Lover oder so was. Ich war völlig verunsichert."

Wir lachten beide laut los.

„Aber Steffen, wir wollen doch unsere Freundschaft nicht kaputt machen."

Binnen einer Woche brachte er mir dreitausend Mark. Jetzt fehlten nur noch viertausendfünfhundert. Ich überlegte wie ich dazu kommen könnte, als Katrin mich anrief und mir sagte, dass sie mir das Geld borgen würden. Sie wollten sich eigentlich einen Farbfernseher kaufen, aber das wäre jetzt wichtiger. Und sie würden dafür gern mal in den Garten fahren, wenn er mir gehören würde.

Dann stellte Hagen den Kontakt zu dem Mann mit dem Wartburg her. Nun musste das Auto nur noch Holger gefallen.

Ich rief mehrfach bei ihm an. Er schob den Termin für ein Treffen immer wieder hinaus. Endlich meinte er dann, ich könne meine Indianermark und die alte Schrottschüssel behalten. Bei der derzeitigen politischen Entwicklung würde er mir das Grundstück niemals verkaufen.

Mir blieb die Luft weg. Aber er hatte es doch versprochen! Ich hatte doch alles verkauft, weil er mir sein Wort gegeben hatte!

„Du hast mir zu unserer Hochzeit auch dein Wort gegeben", sagte er und hängte ein.

Mir schossen die Tränen in die Augen. Wie viele Gemeinheiten musste ich mir noch von ihm gefallen lassen? Er hätte doch nicht saufen müssen. Wieder heulte ich. Da hatte ich das ganze Geld und wofür?

Ich lief zum Antiquitätenhandel, um zu schauen, ob noch einiges von meinen Schmuckstücken oder dem Porzellan dort waren. Aber es war alles weg.

Ich fuhr hinaus in den Garten, setzte mich auf meine Bank und weinte. Wie glücklich waren die Kinder und ich hier gewesen! Als wir den Garten übernahmen, war er völlig verwildert und zugewachsen. Die Hütte war mit Rosenranken überwuchert, so romantisch: die kleinen alten Butzenscheiben und die weiß-rosa Rosenblüten.

Die Dachrinne war fast dicht. Aber an einer Stelle bildete sich immer eine ganz kleine Pfütze auf der Erde darunter. Als Pauline sie entdeckte, stand sie lange nachdenklich davor, denn wenn es nicht regnete, war nicht ersichtlich, woher die Pfütze kam. Dann ging ein Strahlen über ihr von goldenen Locken umrahmtes Gesichtchen, und sie erklärte: „Da hat ein Püpüps hinepullert."

Niemals würde ich das vergessen!

Der alte Nachbar versorgte uns mit riesigen Zucchini und guten Ratschlägen. Zucchini gab es nicht im Laden, und es war ein Glücksfall, wenn man jemanden kannte, der welche züchtete. Er war auch der erste, bei dem ich etwas von Mulchen erfuhr. Seine Beete sahen immer, ja eigentlich nicht unordentlich, aber zugeschüttet aus. Aber seine Erträge gaben ihm recht, und dass er überhaupt keine Schädlinge hatte.

Ich versuchte ein wenig, dem Gras Herr zu werden, um auch ein bisschen Gemüse anzubauen. Aber der Boden war so voller Wurzeln, dass es mir kaum gelang, die Beete von Unkraut zu befreien. Ich beschnitt die Johannisbeerbüsche und düngte sie mit verdünnter Jauche aus dem Plumpsklo. Ebenso meine Tomaten. Wir hatten riesige Früchte und Unmengen Beeren in den Jahren darauf. Das Mulchen war auch der einzige Weg, das Unkraut in die Schranken zu weisen. Im Frühjahr blühten Jasmin und Forsythien verschwenderisch. Aber meine mühevoll organisierten Tulpenzwiebeln fielen den Wühlmäusen und Maulwürfen zum Opfer. Im Spätsommer kochte ich von dem köstlichen Gravensteiner Apfel Gelee, Apfelmus und schaffte den Rest in eine Lohnmosterei, dass wir den ganzen Winter Apfelsaft hatten.

Da saß ich auf meiner Bank und wartete. Ich hatte Zettel an die Bäume gehängt, Garteninventar zu verschenken. Die Nachbarn kamen, wünschten mir alles Gute und nahmen mit, was nicht niet- und nagelfest war. Es gab so wenig zu kaufen, sie konnten alles gebrauchen: Möbel, Gartengerät, alles. Als ich sie ermunterte, gruben sie auch Pflanzen aus. Meine altrosa Hortensie wanderte auf einer Schubkarre neben meinen Rosenstöcken drei Grundstücke weiter. Zum Dank lud die Nachbarin mich ein, sie zu besuchen, aber ich dankte traurig, es würde zu wehtun. Die Gartenbank stellte ich bei meinem alten Nachbarn nebenan unter.

„Vielleicht habe ich mal wieder einen Garten, dann würde ich sie gern wieder holen", bat ich ihn und musste meine Tränen unterdrücken. Dann schloss ich den Garten ab und schickte die Schlüssel ohne Kommentar an Holger. Später erfuhr ich, dass er ihn auch nicht nutzte, sondern verpachtet hatte.

Es war mir ziemlich peinlich, Hagen anzurufen, aber er war ganz locker und freundlich, nicht so wie sonst.

„Na, vielleicht klappt's ja ein anderes Mal", sagte er.

Die Kinder waren traurig, dass wir nicht mehr in den Garten fahren konnten. Ich sehnte mich auch oft nach unserer grünen Oase. Einmal versuchte ich, einen Wochenendbungalow zu mieten. Aber es war auf die Dauer zu teuer für uns.

Aber irgendwann würde ich wieder einen Garten haben und der würde mir gehören, mir ganz allein und niemand würde ihn mir je wegnehmen!

Im Büro war es seit meinem Parteiaustritt frostig. Der Parteisekretär war wieder zum Sie übergegangen. Als ich eines Montags wieder zum Dienst kam, rief mich die Leiterin der Weißnäherei an. „Frau Sintau, der Herr Weidner soll jetzt an Ihrer Stelle die Weißnäherei betreuen? Sie sagen Umstrukturierung?"

„Was, davon weiß ich ja gar nichts."

So ging das jeden Tag. Zum Schluss hatte ich nur noch die Änderungsschneiderei zu betreuen, die keiner wollte, weil es oft Probleme gab, die nur ich lösen konnte. Am liebsten hätte ich mir einen anderen Job gesucht. Außer Verena sprach kaum noch einer mit mir.

Ich ging kurz vor Feierabend zum Betriebsdirektor, was das sollte.

Er stand extra auf, sah mich von oben herab an und sagte: „Frau Sintau, wir müssen uns auf unsere Kader verlassen können. Aus der Partei austreten und ungefragt Westkontakte machen, da ist das Maß mal voll. Sollte noch etwas vorfallen, müssen Sie sich eine andere Stelle suchen. Wir haben da auch einige Fragen, die Sie uns beantworten müssen."

„Was für Fragen?" gab ich zurück.

„Bezüglich Ihrer Westkontakte."

Er telefonierte. Kurz darauf kam der Parteisekretär herein.

„Was für Westkontakte?" fragte ich.

„Nun stellen Sie sich mal nicht dümmer als Sie sind, Frau Sintau", griff der Parteisekretär mich giftig an. „Bei Ihrem Verhalten können wir darauf dringen, dass Ihre Kinder doch besser bei ihrem Vater untergebracht wären, ihren Vätern, muss ich wohl richtiger sagen. Ihnen hat ja einer nicht gereicht."

Mir lief es eiskalt über den Rücken. Die bekamen das fertig. Was wussten die denn von Victor? Und woher? Seine Briefe hatten nie so ausgesehen, als ob sie geöffnet worden wären. Das Telefon? Jetzt brach mir der Schweiß aus. Der Parteisekretär saß fett auf seinem Stuhl direkt an der Tür und grinste.

„Sehen Sie, Frau Sintau, sie waren schon neulich nicht besonders kooperativ, als ich Ihnen eine Wohnung besorgen sollte."

Er fuhr sich mit der Zunge über seine fetten Lippen. Oh, Gott, war das widerlich, was sollte ich bloß tun?

„Ich habe keine Kontakte mehr", log ich. Vielleicht hatte ich ja einen Schutzengel, der mich jetzt beschützen würde.

„Sie lügen", donnerte Meier.

„Wir werden andere Saiten aufziehen, wenn Sie so unkooperativ sind", drohte der Parteisekretär und erhob sich von seinem Stuhl. Er stellte sich so dicht vor mich hin, dass ich seinen Schweiß roch.

„Wir dulden keine Nutten im Sozialismus." Damit griff er mit beiden Händen in meine Bluse und riss sie mit aller Gewalt auseinander, zerrte meine BH-Träger über meine Schultern nach unten, dass ich wie gefesselt war. Ich sah hilfesuchend zu Meier, aber der ging zu der gepolsterten Tür und schloss ab. Gleich darauf sagte er durch die Wechselsprechanlage, dass er keine Störungen wünsche und die Sekretärin nach Hause gehen solle.

„Ein Mucks und du landest in Hohenschönhausen im Knast", flüsterte der Parteisekretär an meinem Ohr.

Er ging zum Telefon, wählte. Dann sagte er nur: „Frau Sintau muss heute Überstunden machen, kümmern Sie sich um die Kinder."

Meine Hoffnung, entlassen zu werden, sank auf null. Jetzt holte der Betriebsdirektor zwei Flaschen Schnaps aus dem Schreibtisch und goss zwei Gläser randvoll. Sie tranken auf ex, immer wieder.

Das, was sie mir dann antaten, war das Entsetzlichste, was ich je erlebt habe.

„Modenschau Westhure, los!" kommandierte er.

Ich hatte keinen klaren Gedanken mehr. Nur, dass es aufhören sollte. Keinen Laut gab ich von mir. Ich konnte es kaum noch aushalten, aber ich wollte ihnen nicht zeigen, dass sie mich gebrochen hatten.

„Modenschau rückwärts", lallte der Parteisekretär. Ich schwankte. Dann fiel ich um.

Als ich wieder zu mir kam, lag ich in unserem Büro auf dem Fußboden. Sie hatten mir Schuhe, Rock und Bluse wieder angezogen. Mein ganzer Körper brannte wie Feuer. Im Spiegel glotzte mich ein kalkweißes Gesicht an. Erstaunlicherweise hatte ich bis auf die Lippe keine Schrammen im Gesicht. Ich trank erst mal ein Glas Wasser. Meine restlichen Sachen lagen im Papierkorb. Schnell raffte ich sie zusammen, stopfte sie in meine Tasche und zog meinen Mantel über. Dann öffnete ich leise die Tür. Ich hörte sie betrunken reden. Die Direktionstür war offen. Sie würden wiederkommen und mich weiter quälen, wenn sie sahen, dass ich wach war. Ich floh zum Hinterausgang und hoffte inständig, dass er nicht verschlossen war. Wenigstens diesen Schutzengel hatte ich. Mir war schwindlig und ich konnte kaum gehen, so schmerzte mein Unterleib. Ich griff mein Fahrrad und schob es neben mir her. Um elf war ich zu Hause. Die Kinder schliefen. Wer nur hatte sie versorgt?

Ich musste Victor schreiben, dass wir unsere Beziehung beenden müssten. Die Kinder wollte und durfte ich nicht verlieren.

Nachdem ich mich lange geduscht hatte, trank ich ein Glas Rotwein auf einen Zug aus. Ich wollte das Entsetzen vergessen. Morgen musste ich wieder dorthin und durfte mir nichts anmerken lassen, das war klar. Ich hatte keinen Zeugen.

Dann las ich noch einmal alle Briefe von Victor und weinte, weinte, weinte.

Mir fiel sein Gedicht in die Hände. Lange überlegte ich. Natürlich konnte ich nicht schreiben, dass mir die Partei Schwierigkeiten machte, schon gar nicht, was heute passiert war. Ich nahm das Gedicht und versuchte es so zu verändern, dass er verstand. Meine Hände zitterten beim Schreiben.

Vergiss mich nicht!

Wir waren zwei

vielleicht ein Ganzes gar

nun muss ich Dich vergessen zwar

und frage Dich-

Vergisst Du mich?

Wir waren uns so nah gekommen

wie Menschen doch nur nähern sich

geliebten Seelen und vernommen

das leise Schwingen inniglich.

Vergessen werd' ich Dich

im Leben nicht.

Geliebter Liebster

eins wir waren

in wundervoller Zärtlichkeit

Begegnen wieder uns nach Jahren

trennte uns die Zeit?

Drum bitt ich Dich,

vergiss mich nicht.

Nun steh ich da

und kann es noch nicht fassen

dass meine Hand

die Deine muss jetzt lassen.

Vergessen soll ich Dich?

Ich kann es nicht!

Keine Unterschrift, nichts weiter schrieb ich, als dieses veränderte Gedicht, küsste die Zeilen und legte viele getrocknete Rosenblätter hinein, hoffte, dass der Brief ungeöffnet Victor erreichen würde.
Mein Märchen war zu Ende.

Am Morgen fragte ich die Kinder, wer sich um sie gekümmert hätte. Eine ganz nette Frau, sagten sie, aber sie war ihnen fremd.

Hoch erhobenen Hauptes ging ich zur Arbeit und ließ mir nichts anmerken. Meine Lippe hatte ich mit Lippenstift kaschiert, meine verweinten Augen mit kaltem schwarzem Tee gekühlt und geschminkt. Die Schmerzen verbiss ich mir. Lange konnte ich nicht Fahrrad fahren. Ich zog nie wieder einen Rock zur Arbeit an und nur geschlossene Oberteile.

Die ersten Tage bekam ich die beiden nicht zu Gesicht. Das war gut. Mein Stolz und meine Selbstachtung gaben mir Kraft, und ich konnte ihnen dann begegnen, als ob nichts vorgefallen wäre. Ich schwor mir, niemals darüber zu sprechen, zu niemandem.

Sie versuchten, mir aus dem Weg zu gehen. Auch das gab mir Kraft. Mehr passierte mir nicht.

„Hagen. Was treibt dich denn hierher?" fragte ich nicht ohne Misstrauen, als einige Tage später Hagen in meinem Büro auftauchte.

„Und Blumen, ungewöhnlich!"

Hagen stand in meinem Büro und hielt einen kleinen Blumentopf mit einem gerupften Alpenveilchen in der Hand.

„Ich war in der Gegend und dachte, ich schau mal rein. Telefon hast du ja Zuhause immer noch nicht."

Was der alles wusste.

„Wie früher mal einen Kaffee trinken, einfach so."

Hagen machte eigentlich nie etwas einfach so. Aber er stand so verloren da, wie ich ihn überhaupt nicht kannte.

„Na, dann leg mal ab, ich koche Kaffee", sagte ich.

Irgendwie wirkte er verlegen.

„Was ist los, du machst doch sonst nichts einfach so."

„Naja, wollte eben mal quatschen."

„Du, ich bin im Dienst, gleich kann meine Kollegin zurückkommen. Ich habe schon genug Schwierigkeiten."

Ich hatte Kaffee aufgesetzt und zog mich nun hinter die Barriere meines Schreibtisches zurück.

„Wir waren wieder in Moskau. Meine Frau hat die Nase voll von diesen Reisen und ehrlich gesagt, ich auch. Die Sauferei bei den Towarischtschs ist anstrengend.

Wir hatten Zoff, sie will sich trennen."

„Aber Ihr habt doch immer gute Verhandlungen gehabt und viel bewegt. Nun auf einmal gefällt dir das nicht mehr?" fragte ich, während ich den Kaffee eingoss.

„Ja, schon, aber Freiheit ist das nicht wirklich, immer die Frau dabei."

„Was ist denn Freiheit?"

„Was du machst vielleicht. Du machst dir doch aus nichts wirklich was. Hast die Partei hingeschmissen und deine Ehe. Ist das nicht Freiheit?"

„Woher weißt du das, von Freder?" Ich war vollkommen überrascht. Das hätte ich nicht von Freder gedacht. Warum hatte er gequatscht? Hagen nickte.

„Keine Angst, ich behalt's für mich. Ich dachte, du brauchst vielleicht Hilfe."

„Danke, es geht schon, ich schaffe es schon. Das Einzige was mir fehlt, wäre ein Telefon, sonst habe ich alles."

„So, alles?" Er grinste leicht. „Ich kann ja mal sehen, ob ich jemanden kenne, der mit dem Telefon helfen kann."

Verena schneite herein. „Oh, Besuch, störe ich?"

„Nein, Verena, es ist privat. Hagen Rabenau, mein ehemaliger Chef im Außenhandel, Verena Rumex, meine Kollegin hier", stellte ich sie einander vor. Hagen war größer als sie, und er deutete mit einer Verbeugung einen Handkuss an. Verena machte kullerrunde Augen und lief rot an.

„Herr Rabenau?" fragte sie.

„Ja, Rabenau", sagte Hagen lächelnd. „Ich muss los, danke für den Kaffee, Juliane. Ich schau mal wieder vorbei." Und raus war er.

„Ich sag's ja, Juliane, du und deine Männer."

„Nun mach's mal halblang!" protestierte ich.

„Kennst du ihn? Warum hast du seinen Namen hinterfragt?"

„Wie? Ach, was für ein attraktiver Mann und Handkuss, wie galant." Verena schielte zu mir und strich sich über den Handrücken.

„Krieg dich wieder ein", holte ich sie in die Wirklichkeit zurück. „Der ist verheiratet."

„Glücklich? Bestimmt nicht, sonst wäre er nicht zu dir gekommen. Draußen steht nämlich ein Schild vor der Tür: Alleinstehende Mutter sucht neuen Mann."

Ich warf ihr den Radiergummi an den Kopf.

„Weiß ich nicht, ob er glücklich ist, interessiert mich auch nicht." Es interessierte mich wirklich nicht, und ich hatte von Männern die Nase voll. Ich war froh, dass ich genug Kraft hatte und nicht unter der Geschichte zusammengebrochen war. Wenn es hochkam, versuchte ich mich abzulenken. Wenn ich nicht schlafen konnte, machte ich autogenes Training. Die Zeit heilte auch diese Wunden.

„Für dich", Verena hielt mir den Hörer hin, „Herr Rabenau. Soll ich lieber rausgehen?" flötete sie.

Ich schüttelte empört den Kopf.

„Hallo, Hagen, wieder mal quatschen?" fragte ich aggressiv in den Hörer.

„Hast du Lust, mit mir essen zu gehen, Juliane? Dann verrate ich dir auch ein Geheimnis", tönte es vom anderen Ende der Leitung.

„Geheimnis, was denn?"

„Das ist eben das Spannende an Geheimnissen, sie sind geheim bis man sie lüftet. Wann hast du Feierabend?"

„Um halb fünf, aber die Kinder, ich kann erst abends, heute aber nicht, da ist Frauensauna."

„Schade, bei Gemischtsauna wäre ich glatt mitgekommen. Was ist mit morgen?"

„Nein, da habe ich schon was vor." Ich wollte eigentlich gar nicht mit ihm ausgehen.

„Was ist mit Freitag?" Er blieb hartnäckig.

„Ich habe keinen Babysitter", sagte ich.

„Doch, mich", feixte Verena.

Hagen hatte es gehört. Sie hätte doch lieber rausgehen sollen.

„Also gut, Freitag. Kannst du mich um acht zu Hause abholen?"

„Geht klar, ich freue mich."

Ich nicht, dachte ich und legte auf.

„Ha, Ha, Hagen, der neue Verehrer", summte Verena.

„Verehren kann er wen er will. Und dich schicke ich demnächst doch raus", sagte ich verstimmt. „Ich brauche auch keinen Babysitter, die Kinder sind schon groß genug, dass ich nach acht mal zwei Stunden weggehen kann."

„Dann eben nicht", brummte sie.

„Dir geht's ja gut, Mann, roter Lada. Neu?" fragte ich, als Hagen mich abholte.

„Ich habe mit meinem Bruder getauscht. Er brauchte lieber einen alten Kombi für seinen Hausbau."

Ich winkte den Kindern zu, die neugierig oben aus dem Fenster schauten, ob wirklich mein alter Chef mich abholen würde. Dann waren sie zufrieden und das Fenster schloss sich. Alter Chef ist Arbeit. Und Andi kannte ihn von einem früheren Betriebsausflug. Wir hatten mit den Familien eine Dampferfahrt zum Scharmützelsee unternommen. Kollektive Kultur mit Maxim-Gorki-Gedenkstätte. Damals war ich gerade erst frisch mit Holger verheiratet.

„So, dein Bruder baut, wo denn?" fragte ich Hagen.

„Wandlitz draußen. Ich kannte einen, der dort sein Grundstück verkauft hat, äh, loswerden musste, weil er in den Westen wollte."

„An so was kommst du ran? Parteikader, was? Warum baust du denn nicht?"

„Keine Zeit, kein Geld, nicht die richtige Frau, was weiß ich. Mit dir würde ich vielleicht bauen."

„Mit mir, warum denn das?"

„Weil du gut rechnen kannst und zwei rechte Hände hast. Was du anpackst, schaffst du, alle Achtung."

„Was sich nicht alles rumspricht bis zu dir in den Außenhandel."

„Na, ich hab doch Freder gefragt, wie es dir geht. Und er hat von deiner Scheidung und dem Umzug erzählt. Ich habe mir damals beim Ausflug schon so was gedacht, tat mir echt leid."

Musste er mich daran erinnern? Wieder so ein Nachmittag, wo alle fröhlich waren und mein Mann so betrunken, dass ich mich schämte. Aber wir waren jung verheiratet. Ich schaute zum Fenster hinaus.

„Was ist das jetzt also für ein Geheimnis?" versuchte ich abzulenken und das Thema zu wechseln. Hagen merkte es taktvoll.

„Ein bisschen musst du noch Geduld haben. Erst essen. Palasthotel recht?"

„Du hast mich eingeladen."

Oh, nobel. Wie ich es liebte, dieses Flair von Welt. Bei uns im Osten hatte man das eben nur in den großen Hotels, wo ich mir im Normalfall nicht leisten konnte, essen zu gehen.

Dabei waren das im Westen sicher Mittelklassehotels. Da hatte ich ja mit meinem Kostüm das Richtige an.

Hagen war auch im dunklen Anzug.

„Magst du diese westliche Atmosphäre?" fragte er, als wir durch die Halle zum Restaurant auf weichen Teppichen schritten.

„Ja, man fühlt sich nicht so eingeengt. Sie werden platziert und so. Du hast lange nichts auf Russisch gesagt", lenkte ich ab.

„Destwitelno, wirklich?" fragte er lachend. „Da fällt man doch gleich wieder als Ostmensch auf. Sollen wir lieber englische Brocken einflechten? Darin habe ich gar keine Übung."

„Du kannst gleich hier bei der Speisekarte anfangen zu üben. Hier ist für den Mann von Welt international angesagt."

„Weißt du was das alles ist?" fragte er.

„Warum, verkehre ich in solchen Restaurants?"

„Nicht? Ich dachte. Außerdem bist du doch Englischlehrerin."

Diese Anspielungen dauernd…

„Also, Salat heißt es auch im Deutschen. Salat du Chef ist was für dich."

„Und was isst du, Wachteln auf Spinat?"

„Nun ist es aber genug!"

So ein frecher Kerl, aber lustig. Ich hatte wirklich anderes in Erinnerung, bisher kam noch keine einzige schlüpfrige Anzüglichkeit, wie sonst.

Hagen bestellte Sekt als Aperitif. Wir entschieden uns für Rehbraten. Dazu gab es einen kräftigen Rotwein.

„Verrat jetzt das Geheimnis", forderte ich, während wir beim Nachtisch waren, Vanilleeis mit heißen Kirschen.

„Du bist aber neugierig. Ich rufe dich an, sagen wir nächste Woche."

„Na, du bist mir ja einer. Dir eine Einladung erschwindeln. Nächste Woche habe ich Urlaub. Da kannst du mich nicht anrufen, weil ich nicht im Büro bin."

„Fährst du weg?"

„Nein."

„Na, also."

„Was na also?"

„Ich rufe dich an."

„Ich hab doch gesagt, du kannst... wieso? ... ein Telefon?"

Er nickte schmunzelnd.

„Wie hast du denn das gemacht?"

„Dringlichkeitsliste. Alleinstehende Mutter mit zwei Kindern, wenn da was passiert..."

Ich wusste gar nicht, was ich sagen sollte.

„Das ist ja toll. Nächste Woche? Das klappt ja prima. Da brauche ich nicht extra frei zu nehmen."

„Donnerstag, ich komme vorbei und schaue, ob sie das auch richtig machen."

„Was richtig machen."

„Na, mit der Schaltung. Ich bin doch Ingenieur. Du bekommst auch einen Einzelanschluss, damit du nicht auf einen Doppelanschlusspartner Rücksicht nehmen musst. (Wenn man Glück hatte und Telefon bekam, musste man sich normalerweise die Leitung mit einem anderen Teilnehmer teilen. Während der andere telefonierte, war der eigene Anschluss tot.) Vitamin B. Ich kenne eben einen Haufen Leute. Wenn man nur will, geht alles, auch in unserem Staat. Da brauchen wir keinen Westen."

„Wenn du meinst." Ich freute mich so, dass ich gar nichts anderes dachte.

„Das ist ja nicht normal! Der ködert dich. Telefon so einfach mal und Einzelanschluss. Was ist denn das für ein Typ?" Verena war richtig aufgebracht.

„Der hat eben Beziehungen. Ist doch bei uns alles, oder? Bist du neidisch?"

„Vielleicht."

Das war ein Zug, den ich an Verena überhaupt nicht kannte.

„Vielleicht bist du aber auch nur absolut naiv. Meinst du irgendeiner schenkt dir für deine braunen Augen mal einfach so ein Telefon? Du mit deinen Westkontakten?"

„Quatsch, wen interessiert schon eine Lovestory? Ich bin so unwichtig", sagte ich und dachte an den fiesen Parteisekretär.

„Mann, bist du naiv. Der ist in der Wirtschaft drüben, Ingenieur, der ist interessant. Du wandelst auf ganz schön schmalen Graden."

„Und du meinst Hagen...?"

„Na klar, und kommt auch noch persönlich gucken, ob sie es richtig montieren. Das sieht doch ein Blinder mit 'nem Krückstock, dass da was mit reinmontiert wurde, was nicht reingehört." Verena schnaubte wütend.

„Dieser Galan, Hand küssen, pah!"

„Verena, du siehst Gespenster. Nicht Hagen, der ist nicht so einer. Er macht es, weil er mich mag."

„Mit dir nie – hattest du ihm das nicht mal an den Kopf geworfen?"

„Na und, man kann seine Meinung ändern, wenn Menschen sich ändern, und er hat sich geändert.

„Ich denke er ist verheiratet", schimpfte sie weiter.

„Und du bist nicht meine Mutter, du Moralapostel."

„Aber du benimmst dich wie ein dummes Kind!"
schrie sie.

„Das ist nur Freundschaft, hör auf zu schreien,
und ich kann einen zuverlässigen Freund gut
gebrauchen."

Tatsächlich versprach ich mir Sicherheit von
Hagen.

„Freundschaft, dass ich nicht lache, Bettfreund-
schaft mit konspirativem Charakter."

„Verena, du bist geschmacklos."

„Und was ist mit diesem Victor?"

„Ich habe Schluss gemacht."

„Wechselt die Männer, wie andere die Hemden", fauchte sie, machte Feierabend und verließ ohne Gruß das Büro.

Ich war wütend. Wegen einmal essen gehen
machte sie so ein Theater. Ich hatte nichts mit
Hagen und wollte das auch nicht. Aber er war
ein guter Schutz, dachte ich. Ob er doch bei der
Staatssicherheit war? Nein, das glaubte ich
nicht. Er war auch nicht so wie ich immer
dachte. Ich werde ihn fragen, nahm ich mir vor.
Und die Telefondose aufschrauben.

In der Telefondose fand ich nichts Verdächtiges.
Jedenfalls konnte ich nichts erkennen. Damit
war ich erst einmal beruhigt. So ein Unsinn.
Wer bin ich denn, dass ich für die Staatssicherheit interessant sein könnte? Der Meier hatte
auch nichts mehr gesagt. Was sie mir angetan

hatten, war widerliche, männliche Rache, weil ich im Betrieb nicht nach ihrer Pfeife tanzte und meinen Stolz hatte. Wäre es rausgekommen, hätte die Partei sie bestimmt zur Verantwortung gezogen, glaubte ich.

Wenigstens musste ich jetzt in keinem zugigen Hauseingang mit Telefon oder einer stinkenden Telefonzelle mehr stehen und telefonieren. Ich war Hagen so dankbar. Und das andere konnte ich mir einfach nicht vorstellen. Er lebte zurzeit bei seinen Eltern in Pankow in einem Dachzimmer. Der große Chef.

Ich wolle keine Beziehung mit ihm oder mit sonst wem.

Es tat weh, Vic auf diese Art zu verlieren, ihn nie mehr hören oder sehen zu können. Aber ich durfte kein Risiko eingehen.

Die Kinder genossen es, Telefon zu haben. Das hob das Image bei den Freunden. Alles konnte jetzt per Telefon besprochen werden. Auch mit meinen Eltern oder ihrem Vater. Wir waren erreichbar. Früher hatte ich immer vieles per Post erledigt. Heute rief ich einfach an. Vieles war einfacher.

Ende Oktober 1989

Im Oktober war alles im Aufbruch. Unser Land ging einen neuen Weg. Die Jubelfeier am 7. Oktober war allen im Hals stecken geblieben. Honecker war von der Bildfläche verschwunden. Die Zeitungen liefen über. Ob Egon Krenz die Wende brachte?

Alle Hoffnungen für die neunziger Jahre. Vielleicht würden wir reisen können, die Schlamperei und Schluderei sollte aufhören. Alles sollte besser werden. In den letzten zwei Monaten waren rund 45 tausend Leute in den Westen geflüchtet. Über Ungarn oder Prag. So auch Steffen. Seine Eltern hatten mich angerufen.

Als ich mit Victor in Prag war, hatten wir noch keinen blassen Schimmer von dieser Entwicklung geahnt.

Katrin und ich trafen uns regelmäßig in der Sauna.

Sie war Kommunikationspunkt für uns geworden. Wir erfuhren viel von den anderen Frauen. Mehrere waren sehr engagiert bei den Demonstrationen und Rundtischgesprächen. Sie erzählten alle Neuigkeiten aus dem Palast der Republik. Manchmal kamen sie sich dabei unglaublich wichtig vor. Es war interessant aber ich war kein politischer Mensch, obwohl mich das, was sie mit mir gemacht hatten extrem anwiderte. Sie hatten sich strafbar gemacht, aber ich hatte keine Chance, sie anzuzeigen.

Deshalb ging ich mit Ulrich und Katrin auch zu der Menschenkette in den Straßen der DDR.

Alle fassten sich an den Händen, und ich fühlte mich beschützt.

Am 4.11. gingen wir auf den Alexanderplatz. Diesmal war es keine bestellte Demonstration, alle waren freiwillig hier. Ein bisschen Angst hatte ich schon. Aber es waren so viele Menschen, was sollte passieren? Ich wollte mich mit Verena verabreden, aber sie hatte etwas anderes vor.

„Na, sag mal, bei so einem Ereignis muss man doch hingehen", sagte ich zu ihr.

„Ich habe keine Lust, dauernd gibt es Demos, mir reicht es langsam. Ich bin mit Carsten zu einer Ausstellung verabredet. Weißt du, er geht lieber in Ausstellungen als auf Demos. Viel Spaß, kannst mir ja davon erzählen."

Also traf ich mich mit Katrin und Ulrich. Unsere Wohnungen lagen jetzt ganz nah beieinander. Einmal dachte ich, ich würde Verena sehen. Aber sie wollte ja in die Ausstellung. Sicher hatte ich mich geirrt.

Wir lauschten den Reden von Steffi Spira, Gregor Gysi, Christa Wolf, Stefan Heym und Markus Wolf. Würde das etwas ändern?

Am 9.11. trafen Katrin und ich uns wieder in der Sauna. Wieder ging es hoch her. Aber ich war zu müde, hatte einen langen, anstrengenden Tag im Betrieb gehabt. Die Frauen wollten hinterher noch auf ein Bier, wie sonst. Ich ging nach Hause und legte mich schlafen.

Am nächsten Morgen nach dem Weckerklingeln tappte ich noch müde in die Küche, setze den Teekessel auf den Gasherd, stellte das Radio an und wollte gerade ins Bad. Da hörte ich aus dem Lautsprecher: „Ich gehe jetzt noch ein bisschen auf dem Kudamm spazieren, und nachher fahre ich zurück nach Ostberlin zur Arbeit."

Wie, was?

Ein Reporter fragte: „Sind Sie schon die ganze Nacht hier?"

Eine Frau rief: „Ja, wir haben alles miterlebt, als die Grenze aufging."

Ich versuchte meine Gedanken zu ordnen, während ich weiter lauschte. Dann stürzte ich ins Kinderzimmer, weckte Andreas.

„Andi, wach auf, ich glaube die Grenzen sind auf. Im Radio hört es sich so an, als ob die Leute in den Westen fahren."

„Au ja", krähte Pauli, „wir fahren heute zum Opa."

Holgers Eltern wohnten seit ihrer Pensionierung in Westberlin. Wir lauschten gemeinsam.

Man berichtete von überfüllten Meldestellen, wo die Leute sich Visa ausstellen ließen.

„Ja, es hilft ja nun alles nichts, wir müssen zur Arbeit, vielleicht heute Nachmittag."

160

Auf dem Weg zum Kindergarten kam ich an unserer Meldestelle vorbei. Da stand tatsächlich eine riesige Schlange.

Als ich im Betrieb ankam, war niemand da. Kurz nach mir kam Verena. Wir schauten uns kurz an und waren uns einig: Die sind alle im Westen, der Parteisekretär, Meier, Weidner und alle anderen großen Genossen.

Also ein Visum brauchte man. Wir radelten zur Keibelstraße. Dort dauerte es nur zwanzig Minuten, und wir hatten unser Visum. Geheimtipp. „Los, wir fahren jetzt gleich in den Westen."

Zur Heinrich-Heine-Straße hin wogte ein Meer von Menschen. Nein, das ging nicht mit den Fahrrädern. Also doch ins Büro und nach Feierabend. Vielleicht hatte sich der Andrang dann ein wenig gelegt. Im Büro war immer noch niemand. Wir telefonierten herum. Unsere Läden waren fast vollständig besetzt.

„Guck mal an, der Meier, das Schwein, Sozialismus predigen und als erster in den Westen fahren", sagte Verena.

Da kam er leutselig zur Tür herein. Ich beugte mich über meinen Schreibtisch.

„Na, die Damen, noch hier?"

„Wie war's denn im Westen?" fragte Verena.

Er wurde rot und stritt alles ab. Angeblich war er beim Kombinatsdirektor, meinte er und stürzte aus dem Zimmer. Dann drehte er sich noch einmal um und sagte: „Aber wenn Sie heute Nachmittag mal rüber möchten, dürfen Sie um 14 Uhr Feierabend machen. Sie auch, Frau Sintau."

„So ein falscher Hund", stieß Verena hervor. Wir gingen trotzdem um zwei.

Als ich kurz vor sechs Pauli holte, war sie ganz ungeduldig. Ich hatte drei große Apfelsinen, zwei Früchte, die ich nicht kannte, die aussahen, wie Kartoffeln mit Pelz und zwei Überraschungseier in der Tasche. Von meinem letzten Nähgeld.

Die Kinder jubelten.

„Wisst Ihr wo ich heute war?"

„Wo denn?"

„In Westberlin."

Es war schon für uns Erwachsene unfassbar. Dort, wo man gestern noch erschossen wurde, konnte man heute einfach durchgehen. Aber für die Kinder war es zu viel. Als sie im Bett waren, stellte ich den Fernseher an. Es war ein Trubel. Alle Programme waren geändert. Ich stellte wieder aus und ging zu Verena. Sie war nicht da. Also setzte ich mich in die Straßenbahn und fuhr zur Bernauer Straße. Auf der anderen Seite fuhren Busse. Doppelstockbusse. Ich ging nach oben und fuhr einfach mit. Man brauchte nur seinen blauen Ausweis zu zeigen und keinen Fahrschein. Nach einer Weile fiel mir der Plan ins Auge. Zum Kudamm musste ich zweimal umsteigen. Nach dem ersten Umsteigen war an der Ecke eine Bank, die noch offen war. Ich holte dort unser Begrüßungsgeld ab. Der Bankangestellte, ein freundlicher, rothaariger Riese, zwinkerte mir zu und wünschte mir für den Abend viel Spaß.

Dann war ich da. An der Gedächtniskirche, am Bahnhof Zoo. Ich war einmal als kleines Kind mit meinen Großeltern hier gewesen. In der Berliner Abendschau im ersten Westfernsehen hatte ich das alles schon oft gesehen, aber dass ich hier einmal entlang gehen würde, kam mir vor wie ein Traum. Ich kaufte mir ein Walnusseis an einem Stand und leckte andächtig. Zu viel wollte ich nicht ausgeben, sondern mit den Kindern noch einmal herfahren, wenn der Trubel sich gelegt hatte. Ich lief die hell erleuchteten Straßen rauf und runter. Schade, dass ich allein war, konnte ich doch mein Staunen nicht teilen.

Ich dachte an Victor. Ob wir uns jetzt wiedersehen konnten? Aber ich hatte keinen Mut, die Drohungen waren zu schlimm gewesen.

Die Tage vergingen. Der Westen wurde Alltag.

Für Weihnachten kaufte ich für die Kinder Kleinigkeiten drüben, den Rest hier. Ich wollte mir das Geld gut einteilen. Wer wusste, was kam.

Im Dezember war ich zu einer Hochzeitsfeier eingeladen, die ganz locker im großen Kreis gefeiert wurde. Die Braut war eine Freundin von Katrin, die ich auch etwas näher kennengelernt hatte. Sie wohnte in der Chausseestraße in der Nähe der Mauer und heiratete jetzt einen Österreicher, den sie schon lange vor der Wende kennengelernt hatte, und Manuela wollte eigentlich ausreisen. Aber dann kam alles anders. Sie strahlte vor Glück. Ich beneidete sie ein wenig, freute mich aber, dass sie so einen netten Mann gefunden hatte. Sie sagte, es hätte kaum Probleme gegeben, nach Österreich auszureisen. Viel weniger, als wenn sie einen Westdeutschen hätte heiraten wollen.

Es waren sehr viele interessante Leute da. Viele aus Westberlin, mit denen wir dann nach Mitternacht mitzogen und in einer irren Hinterhofkneipe in der Kantstraße landeten. Schweden, Engländer, Schweizer, Bayern, Österreicher, Preußen und Sachsen. Dementsprechend toll war auch die Atmosphäre.

Früh um fünf fuhren wir, Uli, Katrin und ich auf abenteuerlichen Wegen nach Hause.

Weihnachten waren wir bei meinen Eltern. So ganz allein mit den Kindern hätte ich es doch nicht ausgehalten. Manchmal fühlte ich mich schon einsam in letzter Zeit. Tagsüber war alles gut. Ich hatte zu tun. Aber abends, wenn die Kinder im Bett waren, beschlich mich eine leise Leere.

Im Winter fuhr ich mit den Kindern eine Woche zum Skilaufen ins Riesengebirge. Ich hatte die Anzüge und Abfahrtski im An- und Verkauf zusammengesucht. Wir hatten alle drei schicke, durchgehende Overalls an. Meiner war hellblau und machte mich ganz schlank.

Mein Trabbi kletterte die Berge, es war eine wahre Pracht.

In Spindlermühle hatten wir ein Zimmer bei einer tschechischen Familie. Andreas konnte schon ganz gut Ski laufen. Vor allem hatte er keine Angst. Pauli musste ich den Abhang hoch und runterhieven. Ich hielt sie zwischen meinen Knien, obwohl ich selbst genug mit mir zu tun hatte. Die erste Tour schrie sie von oben bis unten, und wir lagen alle fünfzig Meter im Schnee. Das zweite Mal hatte ein Mann mit uns Mitleid. Am Lift hatte er hinter uns gestanden, und wir waren ins Reden gekommen. Er konnte sehr gut fahren und zeigte Pauli, wie sie sich halten musste, wie sie Stemmbögen fahren und mit dem Lift heile nach oben kommen konnte. Es war schön, wie er sich kümmerte. Ich konnte so auf meinen eigenen Fahrstil achten. Andi schloss sich uns an, obwohl er lieber Schuss den Hang hinunterstürzte. Ich konnte immer gar nicht hinsehen. Er sah aus wie ein Sägebock auf Skiern. Wir hatten viel Spaß.

Am Lift war eine Baude und wir tranken Tee und aßen mitgebrachte Kipfel – Prager Erinnerung...

Der Mann erzählte, dass er auch aus Berlin sei und das erste Mal hier. Sonst wäre er immer nach Österreich gefahren. Aber hier wäre es viel billiger für ihn. Aha, Wessi.

„Uwe", stellte er sich vor.

„Sind Sie alleine hier?" fragte Andi.

„Wir sind nämlich auch alleine hier, wir sind nämlich geschieden", ergänzte Pauli.

Ich spürte, wie ich rot wurde. Die Anmache meiner Kinder war mal wieder perfekt. Er lachte.

„Ja, mein Sohn ist krank geworden, deshalb bin ich jetzt allein hier."

So, so, Wessi lässt Mami mit krankem Sohn zu Hause und amüsiert sich allein auf der Billigpiste. Ich schob die Kinder lieber wieder zum Lift, um das peinliche Gespräch zu beenden. Aber Uwe ließ sich nicht beirren und folgte uns. Na, mit mir nicht mein lieber Freund. Den Urlaubsflirt kann ich mir sparen. Und zu Hause kennt einer den anderen nicht mehr, da wartet ja Mami. Wieder so ein verheirateter Typ, der ein dummes Ostweibchen anmachen wollte. Ich hatte die Nase voll. Nach der nächsten Abfahrt flüsterte ich den Kindern zu, wir würden heute Abend essen gehen. Sie schnallten sofort ihre Skier ab. Es war auch schon vier Uhr nachmittags. Wir verabschiedeten uns von Uwe – Ja, vielleicht sieht man sich mal - liefen ins Quartier, das nicht weit von der Liftstation entfernt war, zogen uns um, machten uns schick und stiefelten in den Ort.

Es gab ein schönes, rustikales Restaurant. Das Essen war schon für unser Geld sehr preiswert. Wir aßen „Steak Rübezahl", ein riesiger Berg Fleisch mit Salat und Pommes frites und zum Nachtisch Palatschinken mit Eis. Die Kinder futterten wie die siebenköpfigen Raupen. Ich genoss ein tschechisches Bier.

Als wir gerade beim Nachtisch waren, kam Uwe zur Tür herein. Welch ein Zufall. Die Kinder riefen ihn auch gleich an unseren Tisch. Er nahm die Mütze ab, mit der er etwas verwegen ausgesehen hatte. Aber jetzt, keine Haare. Er zeigte auf seine Glatze:

„Das kommt vom vielen Denken."

„Mutti denkt auch immer so viel", schmatzte Pauli aufgeregt.

Endlich mal ein passabler Papa-Ersatz in der Nähe, auch mit ohne Haare.

„Ja, mein Christoph hat es nicht so gut wie Ihr", sagte Uwe. „Der liegt mit Fieber bei Oma im Bett und kann nicht Skilaufen. Dabei hatte er sich so darauf gefreut."

„Und wo ist Christophs Mami?"

Jetzt kam Pauli in Fahrt.

„Christophs Mami ist beim lieben Gott."

„Wo?" fragte Andi.

„Na tot, im Himmel", sagte Pauline altklug. Der katholische Kindergarten hatte Spuren bei ihr hinterlassen.

„Das tut mir leid", sagte ich zu Uwe. Hatte ich ihm Unrecht getan.

„Trinken Sie nachher, wenn die Kinder im Bett sind, noch ein Glas Wein mit mir?" fragte er mich.

„Ja, ja, wir gehen schon ganz prima alleine ins Bett, aber nur wenn du morgen wieder mit uns Ski läufst."

Meine alte Kupplerin. Wir verabredeten uns wieder in dem Restaurant gegen neun.

„Der ist aber nett", sagte Andi gähnend.

Für ihn war das eine ungewöhnliche Äußerung. Nie ließ er sonst jemanden an mich heran. Außer vielleicht Hagen. Aber auch nur, weil er nichts wusste, außer dass er mein Chef war.

Kurz vor neun waren die beiden im Bett und drängelten, ich sollte mich beeilen, damit er nicht weglief.

„Ihr sollt mich nicht verkuppeln", schimpfte ich lächelnd.

Ich erklärte ihnen, dass ich mit unserer Situation ganz zufrieden sei, und dass es nicht so einfach wäre noch einmal neu anzufangen. Sie wollten aber nicht länger ohne Papi sein. Wir verabredeten, dass ich aber das letzte Wort darüber hätte. Damit waren sie einverstanden und Pauli sank selig und todmüde in ihr Kissen.

Der Abend wurde nett und zwanglos. Wir schwatzten über alles Mögliche, und Uwe machte keinerlei Annäherungsversuche. Nicht mal ein Du versuchte er mir aufzudrängen. Ich war zufrieden und um Mitternacht in meinem Bett.

Die restlichen Tage verliefen sehr schön. Einen Tag fuhren wir nach Harachov zum Skilaufen. Ab und zu trafen wir Uwe, aber nicht zu oft. Das war gut.

Am letzten Abend gingen wir noch einmal essen, und Uwe schloss sich uns an. Wir verabredeten, in Berlin zu telefonieren, aber ich verlor seine Telefonnummer.

Im darauffolgenden Sommer erfuhr ich, dass ich in Null-Kurzarbeit gehen sollte. Mein Betrieb war aufgelöst, die Betriebsleitung gab es nicht mehr. Betriebsdirektor und Parteisekretär waren verschwunden.

Kurzarbeit? Arbeitslos? Nein, das war unmöglich! Mit diesem Makel wollte ich keinesfalls leben.

Aus dem Kombinat waren mehrere GmbHs gebildet worden. Verena und ich zwei verschiedenen zugeteilt. Sie wurde in eine Wachschutzfirma integriert, wo sie sich auch Feuer und Flamme hineinstürzte, mehrere Lehrgänge besuchte. Wir sahen uns selten, und wenn, war es nicht mehr so wie früher.

Die Saunatreffen wurden immer seltener. Keiner hatte mehr Zeit. Eine Frau aus der Saunagruppe war in die Politik gegangen, ich sah sie manchmal im Fernsehen. Das war schon eigenartig, ich kannte sie nur nackt. Alle anderen waren verstreut und keiner hatte mehr ein Ohr für die Nöte und Sorgen des anderen. Die einzigen, die nichts von ihrer Herzlichkeit verloren hatten, waren Katrin und Uli. Aber es war wenig Zeit.

Mich drückten auch die Zukunftssorgen. Ich hatte einfach Angst. Alles war so ungewohnt. Ich wollte arbeiten, wollte aber auch etwas machen, was mir Spaß machte. Und ich wollte Geld verdienen. Man munkelte, dass die Mieten erhöht würden. Ich war für alles allein verantwortlich. In den letzten Monaten hatte ich einen Kampf mit Holger ausgefochten. Er hörte einfach auf, Alimente zu zahlen, ließ sich am Telefon verleugnen, behauptete, er hätte gezahlt. Seine Karriere war unbeschreiblich. Er war jetzt Stadtrat für Soziales. Von dem Gehalt wollte er nichts abgeben. Erst als ich einen Brief an den Bürgermeister schrieb, ob es denn jetzt üblich sei, dass Stadträte für Soziales keine Alimente mehr zu bezahlten bräuchten, bekam ich wieder Geld für Pauli und sogar eine Nachzahlung. Aber wie sicher war das? Was ließ er sich demnächst einfallen? Wenn er nicht zahlte und ich arbeitslos wurde, konnte ich die Wohnung nicht halten.

Paula war inzwischen eingeschult, sie brauchte viele neue Sachen.

Ich ging zu meinem neuen Geschäftsführer, der früher im Kombinat Leiter des Fuhrparks gewesen war. Jetzt waren wir eine GmbH und hießen DIMA: Dienstleistung, Immobilien und Marketing.

Mehrere Tage vertröstete Herr Schilling mich, ich solle anrufen. Ich stand jeden Tag um acht in seinem Büro. Bis er es satt hatte.

„Was können Sie, Frau Sintau?" fragte er.

Ich fasste Mut. Eigentlich hätte ich gern wieder etwas mit Mode und Nähen gemacht, einen Modesalon oder so. Aber das unterdrückte ich lieber.

„Ich kann alles", erwiderte ich mutig, „Was brauchen Sie denn?"

Er sah mich erstaunt an.

„Ich brauche eine Immobilienabteilung, die sich mit der Verwaltung der Annahmestellen und der Vermarktung der Läden beschäftigt. Können Sie Immobilien?"

Ich nickte.

„Gut, schauen Sie sich die wichtigsten Unterlagen an und sagen mir übermorgen Bescheid, wie Sie sich die Arbeit einer solchen Abteilung vorstellen können."

Er zeigte mir ein Büro, in dem ich mich niederlassen konnte.

Oh, Gott, da hatte ich mir ja etwas eingebrockt – Immobilien – ich wusste gerade mal, wie man das schreibt. Mo kam ja auch drin vor, aber nichts von Mode.

Na, gut, es war ein Anfang. Sicher würde ich noch etwas anderes finden, wenn ich damit nicht zurechtkam.

Zuerst verschaffte ich mir einen Überblick über die 140 Läden, die Eigentumssituationen und die Mietverträge, fuhr nach Westberlin, besorgte mir ein Mietvertragsmuster, damit ich einen Anhaltspunkt hatte, wie solche Verträge auszusehen hatten. Ich stellte fest, dass ich es nicht allein schaffen würde. Die Mietabrechnungen gehörten genauso dazu, wie die Instandhaltung, zumindest die Aufsicht darüber. Nach zwei Tagen hatte ich was ich brauchte, den

Überblick. Dann ging ich wieder zu Herrn Schilling, dem Geschäftsführer.

„Na, Frau Sintau, dann legen Sie mal los."

Er schaute mich aufmunternd und neugierig an. Ich erläuterte ihm, wie ich mir das vorstellen könnte, dass ich einen Mitarbeiter bräuchte für die Mieten und Instandhaltung. Um die neuen Verträge und die neue Nutzung der Läden wollte ich mich selbst kümmern.

„Sie sind eingestellt. Über das Gehalt müssen wir noch mit Herrn Stark, dem anderen Geschäftsführer sprechen", sagte Herr Schilling und schüttelte mir die Hand.

„Aber denken Sie daran, wir haben jetzt Marktwirtschaft. Es wird kein Zuckerlecken, was wir vorhaben."

„Ich weiß."

Geschafft!!! Aber es ging erst los.

Ich fuhr mit dem Fahrrad quer durch Ostberlin, zerrte es in die S-Bahn, wenn ich nach Köpenick musste. So war ich schneller, als wenn ich gelaufen wäre. Ich inspizierte alle Läden, legte Protokolle an, verhandelte mit den Eigentümern über neue Verträge.

Abends lernte ich, was ich zum Thema Immobilie wissen musste.

Herr Schilling brachte dann eine Frau Rietz aus dem Kombinat, die früher auch schon Mietabrechnungen gemacht hatte. Sie war Anfang fünfzig und machte einen zuverlässigen Eindruck.

Sie hatte auch die Handwerker ziemlich gut im Griff. Ich versuchte, ihr zu erklären, wie die Verträge funktionierten, aber sie hatte mehr Sinn für das Praktische.

Bald stellte ich fest, dass ich mit dem Fahrrad nicht schnell genug war. Ich verhandelte mit dem Chef, dass ich meinen Trabbi nehmen würde, wenn er das Benzin bezahlte. Er war einverstanden und sehr zufrieden mit meinen Aktivitäten.

Ich schleppte die Verträge mit nach Hause, legte eine Registratur an.

Die Kinder beschwerten sich, dass ich kaum noch Zeit für sie hätte. Aber ich wollte es schaffen, wollte nicht arbeitslos sein, wollte mir und uns etwas leisten können.

„Ihr könnt es euch aussuchen. Ich kann arbeitslos sein. Dann haben wir wenig Geld und können uns keinen Urlaub gönnen. Und Ihr habt eine unzufriedene Mutter." Oh je, welche Erpressung.

Ich belohnte sie bald darauf mit einem Kurzurlaub auf einem Bauernhof. Ich hatte die Annonce in der Zeitung gelesen. „Ferien auf dem Bauernhof im lieblichen Hohenloher Land".

Wie elektrisiert schaute ich auf den Text. Victors Heimat. Ich wählte die Nummer und buchte eine Woche, ohne wirklich nachzudenken. Dann erst musste ich das mit dem Urlaub klären und schalt mich eine Närrin. Zu Hause suchte ich vergeblich die Adresse von Victor. Sollte ich ihn anrufen? Keinen Mut.

Also düsten wir mit dem Trabbi dorthin und waren eine Attraktion im Dorf. Die Bauersleute waren sehr nett, etwa in meinem Alter. Meine Kinder fühlten sich wohl. Ich half der Bäuerin oft in der Küche und wir kamen ins Reden. Sie erzählte, dass sie früher mit ihrem Mann in Stuttgart gelebt hätten, sich aber später ganz bewusst für ein Leben auf dem Land entschieden. Ich konnte mir das überhaupt nicht vorstellen, trotz meiner Gartensehnsucht. Die Stille war zwar herrlich, aber nur im Urlaub.

„Man hört das Herz schlagen", sagte sie, „das hört man in der Großstadt nicht mehr. Man bekommt wieder einen besseren Blick für das Wesentliche. Sie kennen das doch: Man sieht nur mit dem Herzen gut."

Ja, den Satz kannte ich.

Ich saß oft am überaus lieblichen Ufer des Flusses und senkte meine Gedanken in das fließende Wasser, schickte sie nach Heilbronn, bis ich es nicht mehr aushielt. Ich bat die Bäuerin, die

Kinder ein paar Stunden zu behalten und fuhr los.

Nach etwas mehr als einer Stunde hatte ich es gefunden, obwohl ich die Adresse nur ungefähr im Kopf hatte.

Es war ein eingewachsenes Einfamilienhaus, alt, aber schön gestaltet, mit einer rosa-weißen Kletterrose über dem Eingang. Aber alles sah ein bisschen vertrocknet aus. Ich ging am Zaun entlang und spürte, dass ich beobachtet wurde.

Eine dickliche Person lugte hinter einer Hecke hervor.

„Suchen Sie jemanden?" fragte sie spitz.

„Ja, Herrn Scabra."

„Der ist nicht da", sagte sie kurzangebunden.

„Wissen Sie wann er wiederkommt?"

„Keine Ahnung, ist schon ein halbes Jahr weg, Amerika, arbeiten." Damit verschwand sie.

Ich war enttäuscht, aber auch erleichtert, ich konnte meine Gefühle nicht einordnen. Ich nahm noch einen letzten Blick mit – Hier bist du also zu Hause, Vic. Vielleicht bist du ja nicht mehr allein? – und fuhr zurück.

Pauli kam gerannt, als ich auf den Hof fuhr, eine kleine Katze im Arm. Ich streichelte das gerade sechs Wochen alte Kätzchen. „Wie niedlich."

„Mutti, der Onkel hat gesagt, ich darf sie mitnehmen. Bitte ja, darf ich? Bitte, bitte, ich kümmere mich auch um sie." Sie drückte das kleine Ding an ihre Brust. Ich nahm sie ihr weg und setzte sie auf den Boden.

„Nein, das geht nicht bei uns. Schau, das Kätzchen ist den Garten gewöhnt. Wo soll sie denn spielen? Bei uns im Flur?"

„Du willst bloß nicht", fauchte Pauli mich an. „Weil du Angst hast, ich würde mich nicht kümmern und sie würde Schmutz machen."

„Ja, auch. Du hast doch Stofftiere." Ich hatte genug um die Ohren und konnte mir einen weiteren Mitbewohner nicht vorstellen.

„Aber ich hab sie doch so lieb, es ist doch anders als ein Stofftier." Ihr standen die Tränen in den Augen, und ich kam mir unsagbar schlecht vor.

„Sehen Sie", sagte die Bäuerin, die herangetreten war, „das ist das Problem in der Großstadt. Aber Kinder brauchen Tiere für ihre gesunde Entwicklung."

„Aber ich kann doch deshalb nicht alles aufgeben", sagte ich ratlos.

Auf der Arbeit häuften sich die Verträge. Es war kaum noch zu schaffen. Etliche Läden standen inzwischen leer. Wir versuchten Joint-Venture-Verträge mit westlichen Firmen auszuhandeln.

Die bekamen die Läden nur, wenn sie Personal übernahmen. Wie schön, dass ich noch das blaue Kostüm hatte. Ich wurde ja immer noch nach Ost-Relationen bezahlt und musste vorsichtig wirtschaften. Die Kinder wuchsen ständig aus ihren Sachen heraus und aßen fast Erwachsenenportionen. Ich überlegte auch, in eine andere Wohnung zu ziehen, denn die Schlepperei der Lebensmittel immer vier Treppen hoch, war auf die Dauer nervend, obwohl Andreas mir viel abnahm, Kohlen schleppte und oft einkaufen ging, um schwere Sachen, wie Kartoffeln, Milch und Zucker zu holen. Es tat ihm gut, Verantwortung zu übernehmen, und er war recht kräftig. Und vor allem kam er so nicht auf dumme Gedanken.

Dann hatte Herr Schilling eine große Handelskette aufgetan. Die waren nicht nur an unseren Läden interessiert, sondern wir sollten für sie auch neue Läden suchen, auch außerhalb von Berlin. Ich beschäftigte mich intensiv mit Standortkriterien von Gewerbeimmobilien. Frau Rietz war eifersüchtig auf meinen Tatendrang. Jeden Morgen saß sie wie eine Glucke an ihrem Schreibtisch und las die wüstesten Zeitschriften, bis ich ihr das rigoros verbot.

„Sie können Fachzeitschriften lesen, wenn Sie wollen. Aber während der Arbeitszeit nicht diese Wurstblätter."

Sie war beleidigt und las den ganzen Tag demonstrativ in irgendwelchen Fachjournalen. Mittags hatte sie den Banktermin für die Überweisung der Mieten verpasst. Ich war schrecklich wütend und stürzte los, um bei der Bank noch irgendetwas auszurichten. An der nächsten Ecke passierte es dann. Ich kratzte mit meiner Stoßstange meinen Vordermann am Heck. Dabei fiel die Stoßstange ab, und der Mann brüllte mich an.

Zur Bank war nun alles zu spät. Als ich zurück ins Büro kam, war ich noch wütender und Frau Rietz ganz kleinlaut. Von da an waren die Machtverhältnisse zwischen uns geklärt.

Abends lag ich unter meinem Trabbi und versuchte die Stoßstange wieder anzubauen, mit Erfolg und großen Schrauben. Die vorbeigehenden Leute fanden das ungewöhnlich. Dass ein Mann unter dem Auto lag, war völlig normal, im Osten jedenfalls. Es gab sogar Männer, denen war das peinlich und sie wechselten auf die andere Straßenseite.

„Du musst wohl alles selber können", tönte es auf einmal neben mir. „Hättest du doch angerufen." Da stand Hagen und schaute auf mein Werk.

„Ich brauche keinen Haushandwerker, ich habe auch zwei rechte Hände. So was haben alleinstehende Frauen eben. Wir können studieren, nebenbei Kinder kriegen, sind perfekte Hausfrauen, haben einen Beruf und pflegeleichte Kinder erzogen."

Mein Vortrag schlug ein wie eine Bombe. Hagen war ziemlich vor den Kopf geschlagen und stand da wie ein Trottel.

„Nun hilf mir schon. Manchmal möchte ich auch gern Weibchen sein."

„Dann musst du dich auch so benehmen!"

Das saß. Er stieg in sein Auto und fuhr davon, ohne mich noch eines Blickes zu würdigen.

Oh, du blöde Kuh! Musst du immer die Starke markieren? Jetzt war er in seiner männlichen Ehre gekränkt. Ach, geh mir doch…

Ich ging nach oben und ärgerte mich. So wenig ich zu Anfang etwas mit Hagen zu tun haben wollte, so sehr tat es mir jetzt leid. Er war doch eigentlich ein netter Kerl und hatte meinen Vortrag nicht verdient. Was bist du doch für eine großartige Person, du blöde starke Frau. Da muss ein Mann ja Angst bekommen. Bitter stieg es in mir herauf. Ich schaute zum Spielplatz hinunter. Vorhin hatte Pauli dort gespielt. Hagen hatte sie keines Blickes gewürdigt. Er hatte keine Kinder.

Ich ging in die Küche und wusch mir die Hände. Dann holte ich mir eine Flasche Rotwein aus der Kammer, goss ein Wasserglas voll und setzte es an. Nein, das ist der Anfang vom Ende. Ich nahm ein Weinglas und schüttete den Wein dort hinein, ging ins Wohnzimmer und legte eine Platte von Chris Rea auf. Da klingelte es.

Hagen mit einem Strauß Blumen. Ich wusste gar nicht, was ich sagen sollte.

„Entschuldige, das wollte ich nicht", stotterte ich.

„Das glaube ich dir. Alles doch ein bisschen viel für dich allein?" Er stand noch in der Tür.

Ich überhörte die Frage.

„Trinkst du ein Glas Wein mit mir?"

„Ja."

„Sing a song of love with me...", sang der Sänger, als wir ins Zimmer kamen. Ich stellte die Platte aus.

„Warum stellst du die Platte aus, das Lied ist doch sehr schön. Magst du keine Songs of love?"

„Nein, ich habe Angst davor."

„Ich auch", erwiderte Hagen.

„Angst davor, die wiedergewonnene Freiheit wieder zu verlieren, und dass sich da jemand in mein Nest setzt. Und keine Lust auf Abenteuer."

„Na, die hatten wir ja zur Genüge", sagte Hagen.

„Wie meinst du das? So abenteuerlich war unser Leben nun gerade nicht."

„Meins schon."

„Na, du mit deinen vielen Reisen. Oder gab es da noch andere Abenteuer?" neugierig guckte ich ihn an.

„Schon manchmal:"

„Sag schon, warst du bei der Stasi?" provozierte ich.

„Hm."

„Tatsächlich und weiter?"

„Nichts weiter. Ich war IM, musste ich in meiner Position sein. Habe aber nie jemanden verpetzt."

Das traf mich ganz schön. Jetzt fiel es mir ein: Man munkelte, dass Stasi-Mitarbeiter einen Lada bekommen hätten.

„Und der Lada?"

„Der war von meinem Bruder, und der hatte ihn einem Kollegen abgekauft."

Ich hatte keine Lust mehr. Nach dem Glas Wein schickte ich ihn los. Dann schoss es mir durch den Kopf: Holger. Der Lada und seine Sauferei waren etwa zur gleichen Zeit aufgetreten. Ich hatte auch gehört, dass Leute, die Beruhigungsmittel nahmen, schneller betrunken würden. Ach du lieber Himmel. Mit wem war ich verheiratet, und was hatte er getan? Ich wollte es nicht wissen. Mit Holger, das war zum Glück vorbei.

Und doch hatte ich das Alleinsein so gründlich satt. Ein Gesprächspartner und Kamerad, Streicheleinheiten, Zärtlichkeit, alles das alles fehlte mir. Was war nur mit mir los? Sonst hatte ich doch so viel Mut Neues zu beginnen. Im Beruf ging ich voran, dass alle staunten, obwohl ich mich immer weiter von meinen Talenten und meinen Träumen entfernte. Aber das war eben so in der Marktwirtschaft. Ich hatte vor nichts und niemandem mehr Angst. Die Stasi-Leute waren scheinbar verschwunden, die tollen Herren in den dunklen Anzügen waren ganz normale Kollegen geworden.

„Die Wessis kochen auch nur mit Wasser", hatte neulich ein Kollege zu mir gesagt. Aber privat in den eigenen vier Wänden igelte ich mich ein. Kaum noch Freunde. Gesprächspartner – meine Kinder.

Die Arbeit lenkte mich ab. Meine Tage waren voll ausgefüllt.

So konnte ich auf Dauer natürlich nicht mehr mit meinem Trabbi fahren. Die Stoßstange hielt zwar, aber die Schrauben spießten wie Hörner vorne heraus. Außerdem schauten die

Geschäftspartner immer schief, wenn ich damit ankam.

Ich rief Steffen an. Er wohnte inzwischen in Recklinghausen, nach seiner Flucht über Prag sechs Tage vor der Wende.

Ich fragte ihn, ob er sich nicht mal in Recklinghausen nach einem neuen Auto für mich umsehen könnte. In Berlin war jede Schrottschüssel furchtbar teuer.

Es dauerte keine zwei Wochen, da traute ich meinen Augen nicht. Ich war etwas eher vom Dienst nach Hause gekommen, als es an meiner Tür Sturm klingelte. Steffen.

„Soll ich die Luft rauslassen und es hochbringen, oder willst du deine neue Fußgängerverkleidung lieber auf der Straße stehen lassen?"

Wir rannten die Treppen hinunter.

Vor der Tür bot sich mir ein beeindruckendes Bild: Da stand ein kräftiger Kombi mit einem Anhänger, auf dem ein niedlicher roter R5 thronte, in den ich mich sofort verliebte.

Auf Steffen war eben Verlass.

Ich bezahlte das Auto von dem nicht genutzten Gartengeld, das ich bei der Währungsunion bis auf fünftausend, 1:2 getauscht bekommen hatte. Nun hatte es doch noch einen guten Zweck.

Ein paar Tage später rief mich Herr Schilling in sein Büro.

„Frau Sintau, ich muss mit Ihnen sprechen. Sie sind eine fähige Kraft."

Was hatte das zu bedeuten, war er nicht zufrieden mit meiner Arbeit?

„Was halten Sie davon, für richtiges Geld zu arbeiten, also mehr, als wir Ihnen zahlen können?" fragte er.

Was wurde denn das?

„Schauen Sie, die DIMA wird es nicht mehr lange geben, wir werden bald abgewickelt."

„Und unsere Arbeit - für nichts?" fragte ich entsetzt.

„Sie haben bewiesen, dass Sie was können. Dafür war es gut. Ich werde dann in Rente gehen. Da möchte ich Sie in sicherer Position wissen."

Ich musste mich hinsetzen.

„Die Firma BRAUER braucht solche fähigen Mitarbeiter wie Sie, die die Zeichen der Zeit erkannt haben und sich im Osten auskennen und mit der Mentalität der Ossis."

Ich brachte vor Staunen kein Wort heraus.

„Sie haben doch schon Läden für BRAUER akquiriert, und mit Verträgen kennen Sie sich inzwischen gut aus. Wenn Sie wollen, können Sie das bei BRAUER direkt tun, für ein vernünftiges Gehalt. Wir haben morgen früh einen Termin mit dem Geschäftsführer drüben, das heißt, nur wenn Sie wollen."

Er hatte alles schon eingefädelt, ich brauchte nur zuzustimmen.

„Und was wird aus meiner Arbeit hier?" fragte ich.

Er lächelte.

„Sie haben alles so gut aufgebaut, dass es leicht sein wird, einen Nachfolger für die kurze Zeit einzuarbeiten. Nutzen Sie die Chance, sie kommt nicht wieder."

„Danke", sagte ich sehr nachdenklich.

Und ich dachte den ganzen Abend darüber nach. Jetzt könnte ich nochmal von vorn anfangen, mein Ziel suchen. Das, was ich immer machen wollte. Nicht Immobilien. Innehalten, umschauen, noch mal neu orientieren. Aber das Unbekannte – Karriere – reizte mich auch. In so einem großen Unternehmen in der Chefetage zu arbeiten, mit einem guten, sicheren Gehalt.

Am nächsten Morgen zog ich mein neues, schlichtes, aber elegantes Kleid an und hochhackige Pumps. Ich schminkte mich sorgfältig, denn ich wusste, der Geschäftsführer von BRAUER war ein gut aussehender Mann, der Wert darauf legte. Ich war sehr aufgeregt. Den Kindern hatte ich nichts erzählt.

Frau Rietz wunderte sich und wollte wissen, was das zu bedeuten hätte. Aber sie erfuhr nur von einem wichtigen Termin mit Herrn Schilling.

„Was meinen Sie, zahlen die für ein Gehalt?" fragte ich Herrn Schilling im Auto auf der Fahrt nach Westberlin. Er fuhr immer noch seinen Wartburg.

„Sie müssen das verhandeln", sagte er. „Ich denke, das Doppelte Ihres jetzigen Gehaltes wäre schon drin. Und vielleicht ein Dienstwagen."

Als wir in Mariendorf waren, zitterten mir die Knie. Ein Blick in den Spiegel, alles o.k.

Herr Schilling nickte mir aufmunternd zu.

„Sie schaffen das." Wo hatte ich die Worte zuletzt gehört? Ach, auf dem Teerdach.

Wir gingen in das Verwaltungsgebäude von BRAUER. Herr Denner, der Geschäftsführer wartete schon auf uns. Er schien etwa zehn Jahre älter als ich zu sein und in so einer bedeutenden Position.

Herr Schilling stellte uns einander vor und ließ mich dann in dem eleganten Büro mit Herrn Denner allein.

„Frau Sintau", begann er. „Herr Schilling hat mir von Ihrer Arbeit mehrfach berichtet, und Sie haben ja auch schon für uns erfolgreich Läden akquiriert. Was halten Sie davon, in unserer BRAUER-Familie Mitglied zu werden?"

Er sprach sehr artikuliert.

Ich nannte ihm meine Qualifikationen und sagte, dass ich sehr interessiert wäre.

„Sehr schön, was stellen Sie sich gehaltlich vor?"

Ich nannte die Summe.

Er war sprachlos. „Fünftausend Mark! Da muss aber jemand sehr von sich überzeugt sein, wenn er das Doppelte seines jetzigen Gehaltes verlangt!"

„Herr Denner", erklärte ich jetzt ganz ruhig. „Wir wissen beide, dass ich immer noch nach Ost-Relationen bezahlt werde. Das entspricht weder meiner Qualifikation, noch meiner Tätigkeit, noch meinen Fähigkeiten. Aber die Zeiten sind bis jetzt eben so gewesen. Sicher wäre es auch sinnvoll, wenn ich ein anderes Auto fahren würde."

Jetzt war er restlos verblüfft. Los, sag nein, dachte ich. Ja, mein Lieber, so einfach kauft man mich nicht.

„Also gut, Frau Sintau, viereinhalb und einen Dienstwagen. Ihre Betriebszugehörigkeit beim Kombinat „Schnelle Dienste" wird auch angerechnet, sonst bekommen wir Sie nicht."

Ich jubelte innerlich vor Stolz.

„Wann können Sie anfangen, am Ersten?"

„Das müssen Sie mit Herrn Schilling aushandeln.

Ich habe drei Monate Kündigungsfrist."

„Also gut, am ersten früh unterschreiben Sie Ihren Arbeitsvertrag, und Herr Grau wird Sie dann in Ihre Aufgaben einweisen. Ich freue mich."

Er schüttelte mir die Hand. Ich wusste nicht, ob ich mich freute, aber ich lächelte.

Auf der Rückfahrt bedankte ich mich bei Herrn Schilling. Er freute sich auch. Wir besprachen noch, wie wir in den nächsten Tagen alles regeln würden.

„Aber morgen, Frau Sintau, nehmen Sie erst mal Ihren letzten Haushaltstag. Der fällt dann nämlich weg", sagte er noch und lächelte mich zufrieden an.

Ich rief meine Eltern an und berichtete von meinem Erfolg. Sie luden mich für den nächsten Tag ein. Abends erzählte ich den Kindern, was passiert war.

Am nächsten Morgen fuhr ich ohne Kinder, nachdem sie zur Schule gegangen waren, zu meinen Eltern. Ich nahm eine Flasche Sekt mit.

„Bist du sicher, dass das der richtige Weg ist?" fragte mein Vater.

„Wie meinst du das?"

„Du hattest immer eine künstlerische Ader. Nach dem Abitur und auch jetzt nach der Wende dachte ich, du würdest das nutzen. Meinst du, dass du jetzt in der Wirtschaft glücklich wirst?"

„Ich weiß nicht. Ich habe zwei Kinder zu versorgen, und ich will raus aus dem Prenzlauer Berg.

Mit Mode und Nähen kann man doch heute kein Geld mehr verdienen. Ich muss für Sicherheit sorgen, jetzt. Das ist in der Kunst schwierig. Dafür bin ich nicht gut genug."

„Wir drücken dir die Daumen, dass du es schaffst", sagte meine Mutter. „Schick uns die Kinder, wenn's eng wird."

Als ich mich gut eingearbeitet hatte und sicher im Sattel saß, packte mich die Sehnsucht nach einem Stück Grün in der Freizeit, ohne erst weit fahren zu müssen, so stark, dass ich mit den Kindern auf die Suche nach einem kleinen Haus ging. Mein Verdienst war gut, ich hatte mich etabliert, man war zufrieden mit mir, und mit den Kindern klappte es auch gut. Aber wir fanden nichts Passendes, bis mir eines Tages die Annonce über ein Fertighaus in die Hände fiel. Ich fuhr hin, rechnete durch. In Ostberlin gab es gute Bauförderung. Mit öffentlichen Mitteln würde es sich rechnen. Ich suchte verschiedene Banken auf und ließ mir Angebote machen.

„Junge Frau, suchen Sie sich erst mal einen Mann, der Sie heiratet oder der für sie bürgt", sagte ein Banker zu mir. „Meine Frau pflegt zu Hause die Rosen und ich kann mir nicht vorstellen, dass Sie alleine ein Haus bauen."

„Es kann ja sein, dass Ihrer westlich-männlichen Vorstellungskraft Grenzen gesetzt sind", sagte ich voller Empörung, „aber ich suche mir jetzt eine andere Bank, und ich werde dieses Haus bauen!" antwortete ich wütend und verließ erhobenen Hauptes die Bank.

Ich überlegte mir, dass sich das Ganze sicher viel besser rechnen würde, wenn ich mit Einliegerwohnung baute, die sich vermieten ließe. Jetzt war ich regelrecht besessen von dem Gedanken an unser Haus im Grünen. Und ich würde das schaffen!

Eines Tages erzählte ich Hagen davon. Er war gleich mit begeistert und meinte, dass man das doch zusammen anpacken könne, quasi als Geschäftspartner. So ganz behagte mir die Idee nicht, aber sie hatte auch ihre Reize wegen des zweiten Gehaltes.

Also reichten wir uns die Hand und begannen mit der gemeinsamen Planung. Wir würden jeder eine Wohnung haben. Und jeder seinen Anteil an der Finanzierung. Ich war zufrieden mit dieser Lösung.

Als ich eines Tages nach Hause kam, lag ein Brief da. Es fuhr mir durch alle Knochen, denn ich kannte diese mit Füller geschriebene Handschrift. Aber ich hatte keinen Mut, ihn zu öffnen. Erst als die Kinder im Bett waren, setzte ich mich mit einem Glas Wein in meinen Lieblingssessel und drehte den Brief hin und her.

So viele Gedanken stürzten mir durch den Kopf. Hättest du dich nicht eher melden können? Oder gar nicht? Ach, Victor. Also machte ich den Brief auf. Darin war ein kurzes Gedicht.

Frage:

Zwischen roten Rosenblüten,

lag ich und träumte von Dir.

Sah Tränen, wie Blutstropfen rot

und an einer Mauer der Liebe Tod.

Jetzt träumte von goldener Rose mir,

nicht blutend, doch granatdunkelrot.

Sag, warst du neulich im Garten hier,

Sag, ist unsre Liebe nicht tot?

Victor

Ich ließ das Blatt sinken. Warum rief er nicht an? Ach ja, damals hatte ich noch kein Telefon. Er wusste nur die neue Adresse. Aber... tausend Fragen.
Ich wühlte alles durch und suchte seine Telefonnummer. Nichts. Weg wie seine Adresse, die Briefe und die Visitenkarte. Jedenfalls fand ich sie nicht.

Ein leiser Gedanke, ob sie jemand genommen hatte, setzte sich in meinen Kopf.

Also rief ich die Auskunft an.

„Soll ich Sie gleich verbinden?" fragte eine junge Frauenstimme.

Oh, Gott, Überfall! Am liebsten hätte ich aufgelegt. Aber da hörte ich schon seine bekannte Stimme.

„Scabra."

„Hier ist jemand, an den du dich erinnerst, wenn du an die Leipziger Messe 1987 denkst."

„Juliane", wieder das dunkle Juliane. „Endlich! Meine Rose! Warst du hier?"

„Ja, woher...?"

„Meine Nachbarin. Sie hatte nur deine Kette in Erinnerung."

„Ach, deshalb. Warum jetzt erst, Victor?"

„Ich habe dir nach der Wende geschrieben, aber es kam keine Antwort. Da dachte ich, du wohnst nicht mehr dort."

„Doch, aber ich habe keinen Brief von dir bekommen."

„Warum hast du dich nicht gemeldet?"

„Ich konnte nicht. Ich... nicht am Telefon."

„Ach, Juliane und ausgerechnet jetzt muss ich nach Kanada. Geht es dir gut? Was machen die Kinder? Hast du Arbeit? Und sag, bist du noch allein?"

„Wollen wir das nicht besprechen, wenn du zurück bist? Wie lange?"

„Ein halbes Jahr." Er atmete tief aus. „Ich wusste ja nicht..."

„Der Weltreisende", sagte ich. „Wir müssen ja jetzt nicht mehr nach Prag fahren."

Da war seine Stimme, zärtlich und unerreichbar wie immer. Würde er je für mich erreichbar sein? War es sinnvoll, meine Gefühle noch einmal durcheinander zu wirbeln? Würde es so sein, wie damals oder trennte uns die Zeit?

„Ruf mich an, wenn du zurück bist", sagte ich traurig.

„Juliane..."

„Ja, bis dann", ich legte auf.

Sein Brief war nicht angekommen. Es kam vor. Briefe gingen verloren.

Ich saß da und trank die ganze Flasche aus. Ich wollte nicht darüber nachdenken. Es war mir einfach zu kompliziert. Ich konnte mir überhaupt nicht vorstellen, wie das mit ihm gehen sollte. Er dort, ich hier, jeder mit festen Verpflichtungen und Fesseln, auch wenn es keine Mauer mehr gab. Mit dem Verstand war das nicht zu lösen.

Er rief jede Woche an. Ich sagte ihm auch meine Telefonnummer im Dienst.

„Hier ist dieser Scabra", meldete er sich jedes Mal.

„Frau Sintau, gestern, als Sie unterwegs waren, hat ein Herr Scabra angerufen", sagte die Sekretärin. „Er sei nächste Woche in Berlin und wolle über eine Immobilie mit Ihnen sprechen."
Wie Feuer fuhr es mir den Rücken hinunter.
„Wann?" fragte ich.
„Montag oder Dienstag, er würde noch Bescheid geben."
„Gut, sagen Sie ihm, wenn er nochmal anruft, ich würde ihn vom Flughafen abholen. Er möchte bitte seinen Ankunftstermin mitteilen."
Die Sekretärin schien meine Aufregung nicht zu bemerken.
Mein Gott, Victor wiedersehen, nach so langer Zeit. Fünf Jahre!

Ich fuhr nach Tegel. Bis zur Ankunft des Fluges aus Stuttgart war noch eine halbe Stunde Zeit. Ich hockte mich auf eine Bank vor dem Flugsteig und beobachtete die ankommenden Leute.
Alles ging mir noch einmal durch den Kopf: die Messe, die Reise nach Prag, unsere heimlichen Telefonate, unser postlagernder Briefwechsel.
Der Flug aus Stuttgart wurde aufgerufen. Ich war immer noch nicht mit einem Flugzeug geflogen.

Jetzt kamen die Passagiere heraus. Und da kam Victor. Er schaute sich suchend um. Ganz grau geworden war er. Anzug, Mantel, Reisetasche, Aktenkoffer. Ein Geschäftsmann Anfang fünfzig. Langsam stand ich auf, und er erkannte mich. Da standen wir voreinander und schauten uns an.

Blaue Augen, unverkennbar.

„Hallo, große Frau", sagte Victor.

Ich hatte hohe Hacken, ein tiefrotes Kostüm und einen Trenchcoat an.

„Hallo."

Der Kloß im Hals kam mir bekannt vor. Victor war verändert, viel älter geworden, dünner, nicht mehr so strahlend wie damals, schien es mir. Er stellte sein Gepäck ab und umarmte mich vorsichtig.

Wir liefen zu meinem Dienstwagen. Ich fuhr in sein Hotel, in der Nähe vom Kudamm. Auch jetzt war er dienstlich hier. Er checkte ein und brachte seine Sachen aufs Zimmer. Ich wartete in der Halle. Mit hochfahren wollte ich nicht, es war so fremd.

Er kam wieder herunter, und wir gingen in ein Steakhaus essen. Alt bekanntes Ritual, Victors Steak roh und heiß, meins medium, hatte ich inzwischen gelernt.

Zu Anfang vermieden wir persönliche Fragen. Er erzählte von Kanada. Langsam brach das Eis. Es gab so vieles, das er nicht wusste.

„Ich habe verstanden, dass etwas Schlimmes passiert sein musste", fing er an, „als du mein verändertes Gedicht sandtest."

„Ich wollte, dass du es verstehst, ohne weitere Worte. Man hat mir gedroht, mir die Kinder wegzunehmen. Andererseits wollten sie, dass ich dich über deine Arbeit aushorche."

„Das ist ja schrecklich, was hast du um unserer Liebe willen durchmachen müssen." Er war sehr betroffen und nahm meine Hand.

„Letzten Endes ist mir ja nichts wirklich Schlimmes passiert. Es war schwer, ja. Aber dann hatte ich auch jemanden, der mir geholfen hat… Und du?" lenkte ich ab.

„Meine Frau ist gestorben. Sie war die letzte Zeit sehr verwirrt, wahrscheinlich auch durch die Medikamente. Es war eine schwere Zeit. Auch ich brauchte erst einmal Abstand."

„Wann ist es passiert?" fragte ich und sah ihn an. Jetzt war mir klar, warum er sich so verändert hatte.

„Vor ein paar Jahren, als Ihr Eure Wende hattet. Und als Du nicht geantwortet hast nach der Wende, fiel ich regelrecht in ein Loch und habe mich in die Arbeit gestürzt."

„Und nun, lebst du allein?"

„Ja, klar, wer will denn so einen alten Zausel wie mich? Ich überlege, ob ich das Haus verkaufe. Wofür noch? Ich bin doch so wie so nie da."

„Aber deine Tochter…"

„Lebt in Hamburg."

Ich nickte. Ich dachte an meine Hausbau-Pläne mit Hagen. Das wollte ich ganz ohne Liebe tun. Einfach aus praktischen Erwägungen. Ich traute mich nicht, es Victor zu sagen.

„Und du", sagte Victor, „komm, erzähl von dir. Wir haben nur von früher gesprochen, das mit meiner Frau ist auch Geschichte. Hast du jemanden?" Er schaute mich offen und herzlich an.

„Nein, nicht wirklich. Ich bin gebranntes Kind. Und mit zwei Kindern, wer will sich das antun in der heutigen Zeit?"

„Ja, für Gefühle habt auch Ihr keine Zeit mehr. Das hat mich damals so fasziniert an dir, auch wenn es Probleme brachte: dein klares Bekenntnis zu deinen Gefühlen. Und heute mit der Marktwirtschaft ist es bei euch dasselbe, wie bei uns. Gefühle kann sich keiner leisten. Ihr habt eure Gefühle und euren Zeitwohlstand verkauft für harte Devisen. Dem rennt Ihr jetzt genauso hinterher, wie vorher den Bananen."

Das habe ich schon einmal gehört, dachte ich. Natürlich, Ulrich damals im Zug.

„Und was wird aus den Kindern? Die lernen gleich von Anfang an, dass Gefühle im Leben nur bei der Karriere hinderlich sind. Ach, Juliane, wie schade, du warst so eine gefühlvolle Frau."

Ganz betroffen saß ich da. So hatte ich mich noch nie gesehen. Aber er hatte Recht. Ich war dabei, alles in mir zu erwürgen, was Gefühl hieß. Bloß nicht merken lassen, wie es innen aussieht. Schminke ins Gesicht als Schutzschild. Wie geht es Ihnen, Frau Sintau? Gut natürlich. Eine andere Antwort wird auch nicht erwartet. Im Gegenteil, das wäre peinlich. Ich ließ den Kopf hängen.

Vic legte seine Hand an meine Wange. Er rieb mit dem Daumen daran.

„Siehst du darunter immer noch so aus, wie früher?"

Also hatte er genau das gedacht.

„Ich weiß nicht, wie sah ich denn aus?"

„Eine strahlende frische junge Frau, der die Offenheit im Gesicht stand. Die jedes Gefühl ausstrahlte, das sie lebte, gerade und unverbogen."

„Was meinst du?"

„Ich sehe viel Schminke. Ein glattes, schönes Gesicht. Perfekt, aber ohne Leben, ohne Gefühl. Früher warst du auch geschminkt, aber man sah dein Wesen noch."

„Vic", mir schossen die Tränen in die Augen, „was machst du?"

„Nu, nu, doch Gefühl. Komm her, nicht weinen. Der alte Zausel hat es nicht so gemeint."

„Doch, du hast es so gemeint." Und nach einer Pause: „Und ich glaube du hast recht." Ich schluckte die Tränen runter. „Aber wer will das denn heute sehen? Niemand."

„Ich weiß, deshalb bin ich wohl hier. Ich will nämlich dein Gesicht sehen, dein liebes, zärtliches. Und ausgerechnet ein geborener Wessi muss dir das sagen."

„Aber was soll ich denn tun?" schluchzte ich.

„Wieder du sein." Er nahm mich fest in den Arm und drückte mir zärtlich einen Kuss auf die Wange. Ich ließ es geschehen. Es fühlte sich wunderbar gut an.

Ein paar Monate später, nach einem weiteren Aufenthalt auf „unserem" Bauernhof, beschloss ich, auf dem Rückweg bei Victor vorbeizufahren. Ich wollte sehen, wie er lebte. Ich rief in Heilbronn an, um sicher zu gehen, dass er auch zu Hause war, bei seinen ständigen Dienstreisen. Er war zu Hause und dachte wohl, ich wäre in Berlin. Also fuhren wir los, in einen Vorort von Heilbronn.

Als Vic öffnete, traute er seinen Augen nicht, so überrascht war er.

„Juliane und im Dreierpack!"

So leger hatte ich ihn noch nie gesehen, alte Jeans, ein kariertes Hemd, Haare strubbelig. Viel jünger sah er aus. Seine Hände waren völlig verdreckt.

„Ich mache gerade den Kamin sauber." Er wedelte den Kindern mit den schwarzen Fingern vor der Nase herum, dass sie lachten.

„Los, rein mit euch!"

Nachdem er sich die Hände gewaschen hatte, holte er etwas zu trinken.

Den Kindern hatte ich nur gesagt, ein früherer Freund. Sie beäugten ihn neugierig. Wir setzten uns auf eine Terrasse am Haus, die ganz zugewachsen war, wie das ganze Haus, mit wunderschön blühenden Rankenpflanzen.

Er hatte das Haus gekauft und umgebaut für seine Frau, die nun tot war und für seine Tochter, die nicht mehr dort wohnen wollte.

Wir hatten einen wunderschönen Nachmittag, tranken Tee in dieser heimeligen Weinlaube. Die Kinder spielten im Garten am Teich. Wir beobachteten sie.

Pauli rief: „Ist dort ein Frosch drin?"

Vic lachte. Er hatte meine Kinder vorher noch nie gesehen.

„Ja", rief er zurück, „und wenn du ihn küsst, verwandelt er sich in einen Prinzen."

„Bäh", machte Pauli. Andi bespritzte sie. Dann saßen sie im Gras.

„Hast du in dem Teich gesessen?" fragte ich Vic.

Er lachte still in sich hinein.

„Ja, ich bin wohl der Froschkönig, von der bösen Fee verwunschen, und noch keine Prinzessin hat mich seitdem erlöst."

„Ach, was."

„Nein, es ist schon wahr. Ich sitze hier in meinem Schloss und bejammere mein Schicksal. Willst du mich küssen?" fragte er und hielt mir seinen Mund hin. Ich schaute schnell zu den Kindern und drückte ihm einen flüchtigen Kuss auf die Wange.

„Doch nicht so!" sagte er empört.

Die Sonne blickte warm auf uns herab, und wir schauten uns an. Da war es wieder, das Kribbeln.

„Du hast so schöne Augen. Und ungeschminkt. Sie sind wieder strahlender, wärmer. Sie machen mich sehnsüchtig", sagte er.

Als es kühler wurde, gingen wir hinein, und Vic zündete den Kamin an. Dann zeigte er den Kindern das Spielzimmer im Keller, mit einer Tischtennisplatte, die sie begeistert bewunderten.

„Los, spielen", sagte er und holte Bälle und Schläger. „Hier wurden Meisterschaften ausgetragen."

Wir tobten um die Platte herum und lachten und alberten. Es war so schön.

„Ich muss mich ausruhen, ich alter Mann", keuchte er dann.

„Dürfen wir noch spielen?" fragten die Kinder.

„Na klar, aber hinterher alles aufräumen."

Wir gingen nach oben, und ich sah mich im Erdgeschoß um. Es gab eine Galerie aus Holz und viele Bücherregale an den Wänden. Bei einem Blick auf die Bücher stellte ich fest, dass ich viele kannte und selbst hatte. Es war sehr anheimelnd in dem Zimmer und im ganzen Haus.

Vic kam mit einer Flasche Wein und Gläsern aus der Küche.

Jetzt überwand ich mich und erzählte ihm von meinen Hausbauplänen.

„Du hast ja Mut", sagte er nur, aber ich spürte, dass ihm eine andere Frage auf der Zunge lag. Ich kam ihm zuvor und berichtete, was Hagen und ich uns ausgedacht hatten. Vic lehnte sich befremdet zurück. Er war ganz still und je mehr er schwieg, desto eifriger untermauerte ich die Machbarkeit unseres Vorhabens.

„Wer ist Hagen?" fragte er knapp.

„Ein Freund." Ich spürte, wie mir das Blut in die Wangen schoss. „Nicht was du denkst. Wir bauen zwei Wohnungen. Da ist nichts weiter", stotterte ich.

„Hm, hm", machte er. „Bist du sicher?"

„Ja, ich will keine Beziehung mit Hagen."

Ich erzählte von unseren Ausflügen überall hin, und dass die Kinder mich auf der Suche nach einem neuen Papa ständig kompromittierten. Erzählte vom Skifahren und wie ich zu dem roten R5 gekommen war. Vic hörte zu, unterbrach mich nicht, nahm nur wieder meine Hand, wie er es früher immer gern getan hatte. Dann küsste er sie und schaute mich immer wieder an, dass mir ganz warm ums Herz wurde. Wie hatte ich schon immer seine Aufmerksamkeit genossen!

Er wollte noch Wein nachschenken.

„Du, ich muss noch fahren", sagte ich.

Er schaute auf, schaute mich lange an. „Bleib da", sagte er dann nur, legte den Arm um mich und zog mich an sich. So saßen wir eine Weile still, dann küsste er mich, zärtlich, fragend.

„Willst du heute bei mir bleiben? Morgen ist Sonntag, du kannst doch nicht mit den Kindern durch die Nacht fahren."

„Aber…"

Von unten hörte man keinen Laut. Die Kinder wollten bleiben, das ahnte ich.

„Nichts aber." Er verschloss meinen Mund mit seinen Lippen.

Ja, ich wollte mich fallen lassen, endlich nicht mehr stark sein müssen.

„Und wenn die Kinder nicht bleiben wollen?"

„Die werden schon wollen. Und sie werden sich an diesen Victor gewöhnen müssen. Es gibt keine Mauer mehr, Juliane. Bau keine neue auf."

„Und wo schlafen sie?"

„Oben."

„Und ich?"

„Bei mir."

„Aber das sind sie nicht gewöhnt."

„Wir werden ihnen nichts vorlügen."

„Oh, Vic, das kommt so plötzlich."

„Plötzlich? Fünf Jahre warte ich darauf! Komm, wir sagen es ihnen."

Mit mulmigen Knien ging ich hinter ihm zum Spielzimmer.

„Hört mal", sagte Vic unten. „Eure Mutti ist ziemlich müde. Habt Ihr was dagegen, wenn Ihr heute noch hier bleibt? Ihr werdet oben schlafen und die Mutti bei mir im Zimmer."

Sie grienten über alle vier Backen. Ich war total verlegen.

„So und ich denke, wir haben alle Hunger. Aber da so ein Junggeselle wie ich wenig im Hause hat, rufen wir mal beim Chinesen an und bestellen uns was Schönes."

Das hatten wir noch nie gemacht.

Nach einem köstlichen Abendessen bereiteten wir für die Kinder oben ein Nachtlager. Sie hörten überhaupt nicht mehr auf zu grinsen.

„Gute Nacht, Ihr Rasselbande", sagte Vic.

„Willst du unser neuer Papi sein?" flüsterte Pauli aufgeregt.

„Mal sehen."

Dann ließ Vic uns erst mal allein. Sie waren aufgeregt, das spürte ich. So viele Fragen.

„Kinder, ich weiß es nicht. Morgen fahren wir nach dem Frühstück nach Hause. Nun schlaft mal schön."

Vic hatte inzwischen die Küche aufgeräumt und einen neuen Scheit Holz in den Kamin gelegt. Ich hatte nichts zu tun und wusste nicht, wohin mit mir. Er hielt mir mein nachgefülltes Glas Wein hin.

„Weißt du, wie ich davon geträumt habe, mit dir hier am Kamin zu sitzen?" sagte er leise und zog mich auf die Couch. „Komm."

Ich fühlte mich wohl hier bei ihm. Aber auch ich hatte tausend Fragen im Kopf.

„Nicht denken, Liebste, lass es einfach zu jetzt. Lass uns einfach im Jetzt glücklich sein, wie damals. Nur, dass Lösungen heute nur von uns abhängen. Also hab keine Angst, komm."

Wie hatte ich mich nach seiner Umarmung gesehnt!

Die Kinder schliefen auf der Rückfahrt nach den ersten Kilometern. Ich hatte Zeit, meine Gedanken nachzuhängen, während ich fuhr.

Die Nacht war wundervoll. So viel Geborgenheit, so viel Zärtlichkeit. Und doch – mein Leben war in Berlin, und ich konnte mir Vic beim besten Willen nicht darin vorstellen. Wir hatten zwar noch kein Grundstück, aber alles war so weit gediehen, der Vorvertrag mit der Hausbaufirma und die Bankenvoranfrage waren positiv und: Ich hatte Hagen mein Wort gegeben. Andererseits meine Arbeit. Ich konnte mir ein Leben mit Vic einfach nicht vorstellen. Ich konnte mir überhaupt kein Leben mit einem Mann mehr vorstellen.

Das sagte ich Vic am Telefon.

„Juliane, lass dir Zeit, lass es wachsen zwischen uns. Aber ich sehe auch, dass du über deine Kräfte lebst. Wie lange willst du das durchhalten? Darüber denke nach."

Als ich eines Abends Pauline aus dem Schulhort holte, fieberte sie stark. Am nächsten Morgen hatte es mich auch erwischt, am Nachmittag kam Andi krank nach Hause. So lagen wir alle drei im Bett, und ich schleppte mich ab und zu in die Küche, um wenigstens Tee zu kochen. Ich hatte unsere Hausärztin angerufen. Die kam ganz schnell und brachte alle notwendigen Medikamente mit. Ich konnte mich kaum auf den Beinen halten, als es abends klingelte. Ich hoffte, es würde Hagen sein, den ich telefonisch gebeten hatte, ein paar Lebensmittel einzukaufen. Er war regelrecht empört darüber, dass wir ausgerechnet jetzt krank machen müssten, wo so viel zu tun wäre. Er hatte gemeint, er hätte keine Zeit und wollte noch verschiedene Dinge wegen unserer Baupläne klären. Aber ich hoffte trotzdem, dass er daran denken würde.

Ich kämmte mir notdürftig das Haar, wobei mir jede Haarwurzel wehtat und öffnete die Tür. Da stand Vic und strahlte mich an. Ich wusste gar nicht, was ich sagen sollte.

„Du in Berlin? Warum hast du nicht angerufen?"

„Ich wollte dich genauso überraschen, wie du mich", sagte er mit seinem Grinsen.

„Das ist dir ja gelungen. Nur leider bin ich nicht gut drauf. Und es ist kalt bei uns. Ofenheizung."

„Du hast ja keine Kohlen oben", stellte er fest. „Wo sind die?"

Er zog Mantel und Jackett aus.

Ich gab ihm den Kellerschlüssel und beschrieb ihm den Weg.

„Das mit dem Kohlenschleppen hat so wie so bald ein Ende.", sagte ich mit dem Gedanken an das Haus. Ich hielt mich schwankend an der Tür fest.

„Na, ganz schön erwischt." Er lachte sein spitzbübisches Lachen. Ich konnte eben noch feststellen, dass mir das gefiel, dann sackte ich zusammen, und er konnte mich gerade noch auffangen und auf die Couch setzen.

„Hast du was zu essen?" fragte er als er mit den Kohlen kam und Feuer machte.

„Äh, nein."

„Du gehst jetzt wieder ins Bett, ich kaufe was ein und schaue nach den Kindern."

Schon wieder so ein Märchen oder träumte ich? Die Kinder schliefen. Ich nickte auch ein, als er gegangen war.

Aus einem Fiebertraum schreckte ich schweißgebadet auf. Vic saß neben mir und legte mir kalte Lappen auf Stirn und Waden.

Alles Traum, ich konnte mich nicht erinnern, wann sich ein Mann so um mich gekümmert hatte. Es war mir peinlich, dass er mich so sah, mit schweißnassem Haar, sicher nicht sehr schön.

„Vic", aber es fiel mir schwer, ich hatte starke Kopfschmerzen.

Er sagte, die Kinder schliefen wieder, nachdem er ihnen etwas Tee gegeben hatte. Pauli hatte sich nur ganz schwach gewundert und „der neue Papi" gemurmelt, aber dann schnell wieder die Augen zugemacht.

Ich konnte auch gerade noch dankbar lächeln, dann war ich wieder eingeschlafen. Als ich aufwachte, überlegte ich, womit ich so viel Fürsorge verdient hätte und wollte ihn danach fragen.

„Mit deiner süßen Nasenspitze", antwortete er. „Na, hör mal, das ist doch klar, dass ich mich nicht wie Besuch aufführe, wenn Hilfe notwendig ist. Seit ich Witwer bin, ist mein Leben bis auf die Dienstreisen so still, dass es fast unerträglich ist. Aber was hältst du von ärztlich verordneter Hühnersuppe?" lenkte er ab. Er hatte meine Schürze umgebunden. Ich musste mir das Lachen verbeißen, es sah sehr komisch aus.

„Wovon?"

„Das ist ein altes Hausrezept von meiner Großmutter."

„Du kannst kochen? Ich dachte, du bist so ein Managertyp, der nur essen geht oder beim Chinesen was bestellt", wunderte ich mich.

„Da hast du dich aber geirrt. Zugegeben macht es für mich alleine keinen Spaß. So, du legst dich jetzt wieder hin und ich gehe in deine Küche."

„Findest du alles?"

„Jaha", rief er aus dem langen Flur.

Ich döste vor mich hin und fand die Erfahrung Kranksein mit Vic sehr interessant. Aber zu weiteren Überlegungen war ich zu schlapp. Langsam zog ein wunderbarer Duft den langen Flur entlang. Wie es aussah, hatte er sich zurechtgefunden. Nach einer Weile kam er mit einem dampfenden Schüsselchen und stellte es auf

meinen Nachttisch. Ich schnupperte: Knob-
lauch.

„Eine ganze Knolle", triumphierte mein Koch,
„und Ingwer und Chili in Hühnerbrühe mit Gemüse. Koste!"

Es war heiß, scharf und köstlich. Sogar an Pe-
tersilie hatte er gedacht. Ich war ganz platt vor
Staunen. Und wie das meine Lebensgeister
weckte!

Kurze Zeit später klingelte es wieder. Vic, noch
in Schürze, ging zur Tür und öffnete. Ich hörte
ihn und eine Männerstimme. Oh Gott, Hagen.

Ich warf mir meinen Morgenmantel über und
ging ins Wohnzimmer, wo die beiden Männer
sich frostig gegenüberstanden.

„Wolltest du nicht ein paar Lebensmittel?" fuhr
Hagen mich an.

„Das ist Hagen Rabenau", sagte ich. „Victor
Scabra aus Heilbronn."

„Sie sind Victor Scabra aus Heilbronn?" fragte
Hagen erstaunt und schaute Victor eigenartig
an.

Dann wechselte er das Thema.

„Ich wollte dir sagen, dass ich ein Grundstück in
Pankow gefunden habe. Kannst du mitkommen,
es ansehen?" fragte Hagen.

Victor hatte sich etwas zurückgezogen, aber ich
merkte, wie unmöglich er Hagen fand.

„Sie sehen doch, dass es ihr nicht gut geht", sagte er leise.

„Geht Sie das was an?" Hagen drehte sich um.

„Vielleicht, wenn sich jemand so benimmt, wie Sie", antwortete Vic.

Hagen schnaubte verächtlich.

„Ich rufe dich an, wenn es mir etwas besser geht", sagte ich.

„Gut, dann fahre ich jetzt allein dorthin. Ich habe keine Lust, mir das Grundstück wegen ein bisschen Schnupfen wegschnappen zu lassen. Da hast du deine Tüte mit Lebensmitteln, aber du bist ja bestens versorgt", sprach's und war zur Tür raus.

„Mit dem willst du bauen?" Vic runzelte die Stirn. „Es rechnet sich, ja?"

Ich flüchtete in meine Grippe. Nicht lange, dann verabschiedete sich Vic.

Die Kinder löffelten später begeistert seine „ärztlich verordnete Hühnersuppe".

Ich überlegte, was Hagens Erstaunen zu bedeuten hatte, als ich Vic vorgestellt hatte, konnte mir aber keinen Reim darauf machen.

Das Abenteuer Hausbau wuchs sich zu einer Kraftprobe aus. Schon der Kampf mit der Notarin erinnerte mich an die Schildbürger. Sie hatte ihren Sitz in Charlottenburg und tischte uns einen völlig unverständlichen Vertragsentwurf in schlimmstem Bürokratendeutsch auf, der etliche Fehler enthielt, musste es korrigieren und stellte alles jedes Mal in Rechnung, bis ich herausfand, was die Ursache war: Ich hatte eines Tages ein ähnliches weißes Designer-Kleid wie sie angehabt, mit dem Unterschied, dass ich meins in einem Secondhandladen gekauft, und sie mit Sicherheit das Zwanzigfache dafür bezahlt hatte.

An dem Tag sagte sie schnippisch zu mir:

„Warum müssen Sie als Ostfrau eigentlich bauen? Ich aus dem Westen muss auch nicht bauen."

Tja, ich bekam Förderung und sie nicht. Zum ersten Mal spürte ich offen den Neid dieser Westfrau auf mich aus dem Osten. Sie behinderte weiterhin den Fortgang der Dinge mit allem möglichen Unsinn, bis mich eine Frau beim Grundbuchamt darauf hinwies, dass ich das nicht bezahlen müsste. Sie gab mir eine Grundbuchordnung und sagte mir die Formulierung, die ich wählen müsste, um mich zu wehren. Von da an war Ruhe. Hagen war viel mit seiner neuen Firma im Ausland. Im Prinzip machte er das Gleiche wie früher, nur für eine Westfirma. Er hatte Glück gehabt. Wichtig für mich war nur, dass die Finanzierung so funktionierte. Wir hatten uns vertraglich gegenseitig abgesichert. Seine Scheidung war endlich durch. Trotzdem hatten wir nach wie vor nur eine Geschäftsbeziehung. Er wohnte immer noch bei seinen Eltern unterm Dach, und das sollte bis zur Fertigstellung des Hauses auch so bleiben. Seine und meine Eltern waren nicht glücklich über diese sonderbare Beziehung. Wir konnten beide nicht über unsere Schatten springen. Es war eben keine Liebe, obwohl Hagen sehr eifersüchtig auf Victor reagierte. Wir hatten auch offengelassen, was wäre, wenn einer von uns sich verlieben würde.

Victor kam seither öfter nach Berlin, es ließ sich dienstlich einrichten. Er wohnte immer im Hotel. Wir gingen viel aus, und ich genoss es. Es spornte ihn an, mich noch mehr zu verwöhnen. Es war jedes Mal wunderschön, wie in Prag. Nur Sonnentage, Restaurants in die ich allein nie gehen würde. Er ermöglichte mir etwas von dem Luxus, den ich mir aufgrund der Sparsamkeit für das Haus versagen musste. Immer brachte er ein schönes Parfüm, ein schickes Kleidungsstück oder einen Schmuck mit. Auch an die Kinder dachte er. Wenn er mich abends abholte, spielte er dann eine Weile mit ihnen, während ich mich umzog. Wir nahmen sie auch mit in die Oper, ins Theater oder unternahmen etwas speziell für sie. Sie genossen das sehr, weil ich sonst so wenig Zeit hatte.

Von Zukunft sprachen wir kaum.

Ich hatte aber auch nicht den Mut, über mehr mit ihm zu reden. Ich dachte, jede engere Partnerschaft würde den Zauber verlieren, den es so hatte. Da war der Alltag mit den Kindern, der nicht nur schöne Seiten hatte. Und wie es ist, wenn ein Mann nicht der Vater der Kinder ist, diese Erfahrung hatte ich schmerzlich machen müssen. Vielleicht später, wenn sie groß waren und ich nur für mich entscheiden müsste.

Eines Tages im Herbst rief Vic an und lud mich für ein verlängertes Wochenende nach Hamburg ein.

„Juliane, immer nur einen oder zwei Tage mit dir, das ist mir zu wenig. Ich möchte ein ganzes Wochenende mit dir genießen, wie damals in Prag."

Die Kinder waren inzwischen so selbständig, dass sie ohne Probleme allein zu meinen Eltern fuhren.

Er kam von Heilbronn mit seinem großen schwedischen Saab und holte mich zu Hause ab. Schon die Fahrt durch die leuchtend bunte Herbstlandschaft, war ein Erlebnis. Er hatte klassische Musik im Auto. Stücke, die wir beide liebten. Tschaikowski, Rachmaninow, Dvorak, Beethoven. Wir hatten den gleichen Musikgeschmack.

Wir fuhren über Hamburg hinaus, bis nach Quickborn. Dort überraschte er mich mit einem Romantikhotel. Ach ja, da war es wieder, unser Märchen. Das Zimmer war ein Traum, und ein großer Strauß tiefroter Rosen, siebenundzwanzig, begrüßte mich.

Wir träumten durch Hamburg, promenierten an der Alster entlang, fuhren die Elbchaussee hinauf bis nach Brunsbüttel und aßen in einer Fischerkneipe frisch gefangenen Fisch. Abends gingen wir ins „Phantom der Oper". Nie im Leben hätte ich mir solche Karten geleistet. Ich genoss es wie damals in Prag.

Das Frühstück gab es in einem großen Wintergarten, der in einem alten Park an ein großes Forsthaus angebaut war. Die Sonne schien und mir war, als gäbe es auf dieser Welt keinen anderen Platz, als hier mit Vic zu sitzen. Ich vergaß meinen Alltag, alle meine Sorgen und Pläne und hatte den Gedanken, dass es nicht enden sollte.

Victor schien meine Gedanken zu erraten. Er nahm meine Hand, legte sie an seine Lippen und schaute mich an.

„Ach, meine Traumfrau, das dürfte nie enden, nicht wahr? Manchmal denke ich darüber nach, wie es wäre mit dir zusammen. Immer. Stell dir vor, ich würde nach Berlin kommen, mit dir das Haus bauen, oder du nach Heilbronn."

Ich erschrak, das hatte ich gerade gedacht. Aber ich wollte doch selbständig sein, meine Freiheit nicht aufgeben.

„Vic, wie sollte das gehen? Der Alltag würde uns einholen, und es wäre eine Beziehung wie jede. Dann wäre dieser zauberhafte Schleier weg. Wir hätten keine solchen Traumwochenenden mehr. Schau, die Liebe ist nicht mit der Entfernung und nicht an der langen Zeit gestorben, aber vielleicht würde sie im Alltag kaputt gehen. Stell dir vor, es kribbelt nicht mehr…"

Wir küssten uns. Da war es wieder, dieses Kribbeln in meinem Bauch.

„Ach, Juliane, du hast dich sehr verändert. Als ich dich kennenlernte, hast du bedingungslos deine Liebe verschenkt, deinen Gefühlen freien Lauf gelassen. Jetzt bist du immer so beherrscht, als ob du ja nicht zu viel von dir preisgeben wolltest. So sehr hat man dich verletzt? Und dieser Job, den du machst, er macht dich kalt und berechnend."

Ich hörte ganz betroffen zu, als er weitersprach.

„Mir hat das damals gefallen, deine Kreativität, dein Gespür für Schönheit, was sich nicht nur in Mode ausdrückte. Die Wärme, die deine Briefe ausstrahlten, die voller Gefühl waren. Damals war ich der Verstandesmensch. Aber ich habe gelernt, dass Geld und Erfolg nicht alles sind. Warum machst du diesen Job? Warum hast du nach der Wende nicht versucht, deine Kreativität weiterzuentwickeln? Da hattest du doch alle Möglichkeiten."

„Nein, hatte ich nicht. Ich hatte Verantwortung für uns drei. Du weißt nicht, wie es war, wie ich kämpfen musste. Erst gegen die, äh ... meinen Mann und dann darum, nicht arbeitslos zu werden. Ach, lass uns nicht hier darüber reden, ich will nicht an den Krieg denken."

„Aber ich will es wissen, vielleicht nicht jetzt. Ich will dich verstehen können."

Wir waren nach dem Frühstück durch den Park spaziert. Das Laub raschelte unter unseren Füssen. Vic hatte seinen Arm um meine Schulter gelegt. Es duftete würzig nach Pilzen und Herbst.

„Ich will dich nicht bedrängen, Juliane, aber denke noch einmal über dein Leben nach. Es ist, als ob in dir etwas Wichtiges verschüttet ist, du musst es suchen."

Wir kannten uns so lange, aber ich hatte keinen Mut und so war es erst mal ein Abschied wie immer.

Und als ich nach Hause kam, war da der Alltag wie immer. Haushalt, Wäsche waschen, bügeln, einkaufen, arbeiten, die Kinder – nein, Vic hatte nur in Traumtagen und –nächten Platz.

Trotzdem gingen mir seine Worte nicht aus dem Kopf. War ich wirklich so ein gefühlloser, kalter Eisvogel geworden?

Ich kniete mich in meine Arbeit. Das war wirklich nicht leicht und kostete viel Kraft. Für die Kinder blieb immer weniger Zeit. Oft hatte ich Arbeit mit nach Hause genommen. Dann hatte ich das Gefühl, ich wäre doch da, wenn die Kinder mich brauchten. Aber ich war nicht wirklich da, nicht mit dem Gefühl bei ihnen.

Was für eine Wahrheit glotzte mich da wieder an? Aber jetzt kam sie nicht von außen, wie so oft, sie kam von innen. Etwas in mir sagte, dass mein Leben falsch wäre, wie ich es führte. Aber wie denn dann? Alles hinschmeißen? Und dann? Ich schob es weg und machte erst mal so weiter.

Meine nächste Aufgabe bei BRAUER war die Besichtigung eines Gewerberaumes in der Nähe vom Ernst-Reuter-Platz, der zu einem Discountmarkt umgebaut werden sollte. Er wurde noch genutzt, und ich meldete mich bei der Mieterin an.

„Galerie Rose", meldete sich eine angenehme Frauenstimme am Telefon.

Ich vereinbarte einen Termin mit ihr und fuhr hin. Eine warmherzige, etwas füllige Frau Mitte vierzig begrüßte mich. Ich sah gleich, dass die Räume geeignet waren.

„Warum wollen Sie hier ausziehen?" fragte ich sie.

„Warum? Ich kann die Miete nicht mehr bezahlen."

Ich schaute mich um. An den Wänden hingen schöne Aquarelle und es standen einige Plastiken im Raum.

„Wo gehen Sie hin, wenn Sie das hier aufgeben?"

„Weiß ich nicht. Ich habe ein Atelier, aber es ist weit draußen in Rudow." Sie schaute traurig.

„Haben Sie nicht versucht zu verhandeln?"

„Doch, aber so viel, wie Ihr Unternehmen bietet, kann ich nicht bezahlen. Warum interessiert Sie das?"

„Nur so."

Es ließ mich nicht los. Wir hatten viele Angebote von Gewerberäumen, dass etwas Passendes für Frau Rose dabei sein musste. Tatsächlich fand ich Räume, die noch schöner für eine Galerie geeignet waren und erschwinglich. Ich holte Frau Rose ab und fuhr mit ihr dorthin. Sie war ganz gerührt.

„Warum tun Sie das? Aus Mitleid?"

Ich zuckte die Schultern.

„Nein."

„Wollen Sie Geld?"

„Nein."

Ich erzählte ihr ein bisschen von mir und meinen künstlerischen Ambitionen.

Sie einigte sich mit dem Vermieter, und wir gingen einen Kaffee trinken.

Ich erzählte von meinen Kindern, und dass ich vor der Wende in der Modebranche gearbeitet hatte und auch selbst nähte. Auch, dass ich geschieden war.

„Juliane, nicht wahr? Juliane stand auf der Visitenkarte", sagte sie und hielt mir ihre Hand hin, „Ich bin Heide."

„Wie schön, Heide-Rose! Zufall oder Absicht?"

Ich drückte herzlich ihre Hand.

„Zufall - es gibt keine Zufälle. Der Name hat mich gefunden, den Mann dazu habe ich verloren."

Heide lud uns in ihr Atelier nach Rudow ein. Ich war beeindruckt. Ein lichtdurchfluteter Anbau eines alten Hauses, das bestimmt hundert Jahre auf dem Buckel hatte, öffnete sich mit großen Fenstern nach Westen.

„Ich male gern morgens, da geht es", sagte sie. Wie romantisch.

Die Kinder durften Heides Farben ausprobieren und etwas malen. Sie waren ganz versunken und still. Wir saßen in einer Ecke des Ateliers, bei einer Tasse Tee, Kräutertee, den sie selbst gepflückt und getrocknet hatte.

Alte, ausgefranste Korbstühle, viele Pflanzen und ihre Bilder gaben dem Raum eine wunderbar friedliche Atmosphäre.

„Davon kannst du leben?"

„Es geht, ich brauche nicht viel. Die Malerei macht mich glücklich. Ich habe keinen Stress, das tut gut."

Ich schaute sie bewundernd an. Ich hatte mich nie getraut, diesen Traum zu leben, sie ja.

Der Tee schmeckte würzig, nach Kräutern und erinnerte an eine Sommerwiese. Leicht, warm und heiter.

Während Heide die Kinder beim Malen anleitete, ließ ich meine Gedanken ziehen, hielt mein Gesicht in die noch wärmende goldene Herbstsonne, die durch die geöffneten Atelierfenster leuchtete. Große hohe Sonnenblumen nickten mit ihren Köpfen am Zaun, Kapuzinerkresse schlängelte leuchtend rote und gelbe Blütenkaskaden an ihm hoch. Die Rosen reckten ihre dicken Blütenköpfe in die Wärme. Ich fühlte mich wohlig zu Hause und dachte an meine Mappe mit Bildern, die bei mir oben auf dem Schrank lag. Ich hatte viel gemalt, immer wieder in meiner Jugend und seltener später, in meinem Garten. Alles aufgehoben. Aber es war mir nie gut genug erschienen, es jemandem zeigen zu können.

„Lassen Sie sich begleiten", stand in dem Schreiben von der Behörde, die die Stasi-Unterlagen sichtete.

Da hatte ich also eine Aufforderung, einen Termin zu vereinbaren, wenn ich meine Akte einsehen wollte. Es gab also doch eine Akte über mich. Als der Brief im Kasten war, hatte ich ein ganz flaues, hohles Gefühl im Magen. Ich musste ja nicht hingehen. Ich hätte immer noch die Chance, es einfach zu vergessen. Eigentlich hatte ich auch gar keine Zeit. Ich musste mich um den Hausbau kümmern, die Arbeit und was nicht noch alles. Die Kinder, ja, die Kinder. Mein Gott, ich hatte zu wenig Zeit für sie. Victors Worte gingen mir immer wieder durch den Kopf. Aber ich war zu feige, sie weiterzudenken. Eigentlich hatte ich überhaupt keinen Nerv für diese Akte. Ich legte den Brief ganz hinten in meinen Kalender. Wenn Verena damals nun doch recht gehabt hatte? Wenn nun jemand Vertrauter über mich berichtet und spioniert hatte? Ich wollte nicht darüber nachdenken, aber es griff Raum in mir. Eigentlich hatte ich nur wissen wollen: Über Juliane Sintau gibt es keine Akte. Mit einer anderen Möglichkeit hatte ich nicht gerechnet. Und jetzt gab es eine umfangreiche Akte, die ich einsehen konnte. Mich fröstelte.

Ich hatte Hagen von meinem Antrag nichts gesagt. Nachdem ich von ihm erfahren hatte, dass er IM war, überlegte ich, wie ich damit umgehen könnte. Meine Eltern wollte ich damit nicht belasten.

Und so sagte ich denn zu Hagen:

„Ich glaube dir und ich verzeihe dir für mich, wenn du wirklich nichts Verwerfliches getan hast. Wenn du Schuld auf dich geladen hast, musst du das mit deinem Gewissen vereinbaren, und es wird an anderer Stelle über dich gerichtet werden."

Es war mir sehr schwer gefallen, aber ich achtete ihn für seine Ehrlichkeit. Ich glaubte ihm damals, dass er nur pro forma IM gewesen war. Er war mir in den Jahren ein guter Freund geworden, sicher mit Fehlern, aber wer hatte die nicht. Deshalb wollte ich ja keine Beziehung mit ihm.

Ich dachte, Verena anzurufen, um sie zu bitten, mich zu begleiten. Seit unserem Zerwürfnis in diesem Café war einige Zeit vergangen, und wir hatten inzwischen nur ein paar Mal telefoniert. Ich hatte auch wenig Zeit. Neben der Arbeit waren die Hausverträge kurz vor dem Abschluss. Einige bereits unterschrieben. Die Sache mit dem Grundstück hatte viel Nerven gekostet, aber sie war fast durch.

Also, Verena anrufen. Warum fühlte ich mich nur so seltsam dabei? Konnte ich sie doch früher unproblematisch um etwas bitten. Sicher lag es an diesem eigenartigen Streit. Nein, am Telefon würde ich sie nicht fragen.

Wir verabredeten uns wie früher zum Mittagessen. Die Unterhaltung verlief ziemlich schleppend, bis Verena in ihrer unnachahmlichen Art auf den Punkt kam:

„Na, was ist los? Wir haben uns doch nicht einfach so zum Essen und Quatschen getroffen."

Sie saß wie versteinert, als ich es ihr sagte, wie zu einem Felsblock geworden, sagte nichts, wurde aschfahl. Ich wahrscheinlich auch.

„Verena, du?"

Ihr traten die Tränen in die Augen, als sie nickte. Sie schluchzte: „Ich dachte, ich könnte dich beschützen, du unmögliche Person. Dich vor Gefahren bewahren. Du warst ja so naiv. Und ich erst. Ich dachte, wenn ich weiß, was du für Unfug machst, könnte ich dich vor Manchem bewahren. Deine ganzen Westkontakte, das war doch Wahnsinn!"

Ich konnte kaum einen klaren Gedanken fassen.

„Aber wir waren doch Freunde, ich war erwachsen, welches Recht hattest du dazu?"

Jetzt schossen mir die Tränen in die Augen.

„Hagen…"

„Was Hagen? Du wusstest Bescheid, du hast es nicht nur vermutet?"

Glücklicherweise saßen wir in einer Nische bei diesem Italiener. Keiner beachtete uns. Aber das wäre auch egal gewesen. Sie nickte und schnaubte in ihr Taschentuch.

„Sie haben Hagen auf dich angesetzt, als ich ihnen nicht genug Informationen geliefert habe. Sie wollten an deinen Freund aus Stuttgart ran, weil er an der Entwicklung von irgendwas gearbeitet hat", kam langsam und stockend die Wahrheit aus ihr heraus.

„Deshalb warst du so entsetzt, dass Hagen und ich zusammen bauen wollen."

Wieder nur Nicken und Wimmern.

„Seit wann, seit wann hast du mich bespitzelt?"

„Seit der Sache mit Leipzig. Sie hatten dich im Hotel beobachtet und dachten, sie kommen direkt über dich an ihn ran. Aber du warst so voller Gefühle, dass du nicht geeignet warst. Dann haben sie mich unter Druck gesetzt, dass ich meine Arbeit verlieren würde und viel schlimmer, dass mein Vater seine Arbeit und sein Haus verlieren würde. Und ich wollte dich doch schützen."

„Warum hast du es mir dann nicht gesagt?" schrie ich.

„Du hättest es nicht geglaubt, ich hab's doch versucht."

Wie blöd und blind war ich eigentlich? In mir tobten die gegensätzlichsten Gefühle. Meine Verena, meine beste Freundin und mein Freund! Tief erschüttert nahm ich Tasche und Mantel und taumelte wortlos aus dem Lokal.

Nichts denken, nichts denken. Das ist nicht wahr! Es ist ein böser Traum. Atemlos ließ ich mich auf eine Bank in einem nahe gelegenen Park fallen. Ich war versteinert, wie gestorben. Bis mir jemand die Hand auf die Schulter legte. Verena.

„Ich schäme mich so. Ich weiß, wie sehr du mich jetzt verachten musst."

Was machte ich nur mit meinen Gefühlen? Ich wollte sie umarmen und fühlte mich so beschmutzt von ihr, obwohl ich nicht genau wusste, was sie getan hatte. Ich wollte ihr verzeihen, meiner liebevollen, gutherzigen Verena und sie verachten. Sie festhalten und wegstoßen.

„Lass mich!" sagte ich.

Ich drehte mich weg. Ganz leer war es in mir, so unendlich leer.

Ich fuhr zu Lutz Freder, inständig hoffend, dass er nicht auch dabei gewesen war. Sehr erstaunt öffnete er die Tür.

„Ich muss mit Ihnen reden."

Er machte seiner Frau ein Zeichen. Sie setzte uns Kaffee auf und ging dann einkaufen.

„Herr Freder", begann ich stockend, „wie gut kannten Sie Hagen Rabenau, als wir nach Leipzig fuhren?"

„Nicht besonders gut. Vor allem mochte ich ihn nicht. Er war aalglatt. Wie er unseren vorigen Chef abgesägt hatte, um dessen Posten zu bekommen, das grenzte an Rufmord. Ihm ist nichts heilig, bis heute nicht. Wenn ihm etwas nützt, dann macht er es, um jeden Preis."

Ich stöhnte innerlich auf.

„Haben Sie ihm je etwas über mich erzählt? Egal was?"

„Niemals und dem schon gar nicht. Menschen, die mir nahestehen, sind mir heilig. Warum?" fragte er.

„Ich bin im Begriff, einen großen Fehler zu machen."

Ich erzählte von unseren Hausbauaktivitäten.

Freder lehnte sich befremdet zurück, wie neulich Victor.

„Mit dem würde ich nicht mal zusammen angeln gehen, weil er mir jeden Fisch streitig machen würde, den ich gefangen hätte. Wusstest du nicht, dass er großer Stasi-Offizier war? Was meinst du, wer die Orden und Auszeichnungen in unserer Abteilung einheimste?!"

„Das wollte ich wissen. Warum hat damals keiner darüber geredet?" fragte ich ihn.

„Weil alle Angst vor ihm hatten."

„Waren Sie bei der Stasi?"

„Ich? Im Leben nicht. Ich war ja nicht mal in der Partei. Lieber hätte ich mir den Fuß abgehackt, als in diesen Dreckshaufen zu gehen. Und jetzt?"

Ich sagte ihm, was passiert war. Und dass ich seinen Rat bräuchte.

„Ich begleite dich, wenn du willst. Bestimmt kann ich vieles von damals besser deuten als du. Ich wusste nicht, dass du nach der Messe dieses Verhältnis eingegangen bist. Wenn, dann hätte ich dringend versucht, dich davon abzuhalten."

Wir hatten den Kaffee vergessen. Jetzt holte er Geschirr und die Kanne. Ich war froh, zu ihm gegangen zu sein, und dass er wenigstens der war, für den ich ihn immer gehalten hatte.

Er hatte den Moment auch nachgedacht.

„Wie geht es dir mit dieser schlimmen Erkenntnis?"

„Schrecklich. Ich habe das Gefühl, in ein Loch ohne Ende zu fallen. Deshalb bin ich hier. Verena ist bis heute meine beste Freundin gewesen, und Hagen ist es geworden in den letzten Jahren."

„Ich kann mir denken, warum. Er war schon immer unglaublich scharf auf dich. Vor allem, weil du ihn ständig hast abblitzen lassen."

Er stockte, nahm einen Schluck Kaffee, dann sprach er weiter.

„Er hat mal gesagt: Die kriege ich eines Tages zwischen meine Beine und spiele Rabe mit ihr, bis sie um Gnade winselt, und wenn ich ihr ein Haus bauen muss."

Ich starrte ihn an. Die ganze Freundlichkeit – nur Show? Ich wagte mir nicht vorzustellen, wie alles gekommen wäre.

„Es gibt Männer, Mädchen, die verzeihen einer Frau nicht, wenn sie ihnen einen Korb gibt. Es ist Machtgier. Und Hagen Rabenau ist unglaublich machtgierig. Und er lässt es sich was kosten, Zeit und Geld. Hauptsache, er ist am Schluss der Gewinner. So sind viele Stasi-Leute.

Soll ich dir sagen, wie es ausgegangen wäre? Das Haus fertig, du abhängig von ihm und ihm räumlich ausgeliefert. Er hätte Rufmord betrieben, dich immer in Angst gehalten, dass du deine Arbeit verlierst und damit deine Finanzierung. Dann hätte er dich rausgeworfen. Das nennt er Rabe spielen. Das wäre seine Rache für deine Absagen. Wusstest du nicht, dass er deshalb geschieden wurde? So ähnlich hat er es mit seiner Frau gemacht. Die war zu gut geworden im Betrieb und ihm überlegen."

Ich hatte mit weit aufgerissenen Augen zugehört.

„Aber das stünde doch in keinem Verhältnis dazu, dass ich ihn ein paar Mal habe abblitzen lassen", sagte ich und musste an die Sache mit dem Parteisekretär und dem Betriebsdirektor denken.

„Das spielt keine Rolle. Die männliche Ehre sitzt bei manchen Männern in ihrem Schwanz, vor allem bei denen mit krankem Selbstbewusstsein."

„Aber Hagen strotzt vor Selbstbewusstsein."

„Das sieht nur so aus. Ein selbstsicherer Mann hat solche Mätzchen nicht nötig. Aber viele persönlichkeitsgestörte Männer definieren sich vor allem darüber, dass sie jede Frau ins Bett kriegen. Und wenn eine Frau wie du zu stolz dazu ist, wird sie immer mehr und mehr zur ersehnten Beute, die sie, koste was wolle, erlegen und zertreten wollen. Solche Männer arbeiten für Geheimdienste. Ein normaler Mann wäre sich für solch eine Drecksarbeit zu schade. Aber diese Kerle empfinden sexuelle Erregung dabei, und eben auch, wenn sie eine Frau quälen können. So einer ist Hagen Rabenau. Liebe ist für ihn ein Fremdwort."

Blankes Entsetzen breitete sich in mir aus.

„Aber wie konnte er im DDR-Außenhandel so eine hohe Position bekleiden?"

„Gute Frage. Sicher hat er fachlich was drauf. Aber er hat viel darüber geregelt, dass er die Leute, die für ihn wichtig waren, mit irgendwas in der Hand hatte. Oft wurde er weggelobt und kletterte so die Karriereleiter hoch, ohne menschliche Kompetenz."

Ich dachte an Hagens Verhalten, als wir krank waren, an seine Eifersucht gegenüber Victor. Mir standen die Haare zu Berge. Ich konnte überhaupt nichts sagen. Ja, jetzt erkannte ich die Lieblosigkeit und Kälte, mit der er alles tat, die absolute Sachlichkeit, und dass er im Prinzip das Ruder an sich gerissen hatte. Er benutzte mich, wie damals im Büro, als Laufburschen für die Behördengänge. Darauf war ich noch stolz!

„Danke, Herr Freder", sagte ich heiser. Meine Hände zitterten.

„Komm", sagte er, ging zum Schrank und holte zwei Cognacschwenker heraus. „Damit du dich von dem Schock erholst."

Da lag es ausgebreitet, mein Leben. Schon lange hatten sie es beobachtet. Nicht nur Verena, nicht nur Hagen. Aber Hagen auf widerliche, subtile Weise. Der arrogante Kerl, den ich damals kannte, sprach aus den Zeilen. In unglaublicher Detailliertheit waren meine Treffen mit Victor beschrieben. Ich wurde wie eine Ostnutte dargestellt, die es den West-Geschäftsleuten für ein paar kleine Geschenke und Westgeld machte. Ich wäre extra in die großen Hotels gegangen, um sie dort aufzugabeln und hätte dabei meine Kinder vernachlässigt.

Mitschriften von Telefonaten mit Victor bezeichneten unsere Liebe als sozialismusfeindliche Affäre. Es war bestürzend, mein wundervolles Märchen in den Schmutz getreten. Sie hatten tatsächlich versucht, Victor auszuspionieren. Wie, erfuhr ich aus den Akten nicht. Jedoch waren sein Name und seine Position genannt.

Verenas Tun war dagegen fast unbeholfen, aber sie hatte aus Dummheit viele Spuren gelegt. Ein Wunder, dass mir nicht mehr passiert war. Aber der Schmerz saß tief. Es sah tatsächlich so aus, als ob Hagens Bestreben aus verletztem Stolz herrührte. Es war abstoßend, was dort mit seiner Handschrift über mich geschrieben stand.

Dann fand ich Holgers Berichte. Also doch. Er stellte mich als schlechte Mutter und Ehefrau hin, die nur ihren Hobbys frönte.

Es fanden sich auch andere Notizen. Aus der Zeit meiner Lehrerversuche und meines unsozialistischen Verlassens der Volksbildung.

Selbst aus der Sauna waren dort Gespräche aufgezeichnet.

Natürlich kamen auch schlimme Tiraden über meinen Parteiaustritt. Ein „Wiedehop" schrieb, dass ich bei der Wahl meiner Bettgenossen nicht sehr wählerisch wäre. Das musste der Parteisekretär gewesen sein. Igitt. Und natürlich der Meier unter dem Namen Müller warf mit Dreck über meinen Parteiaustritt, und dass ich meine mir anvertrauten Läden vernachlässigt hätte, um mich während des Dienstes mit Freiern zu treffen. Deshalb habe man mir die Läden entzogen. Oh, Gott, diese entsetzlichen Verbrecher!

Ein Nachbar aus dem Haus hatte angeblich gehört, dass ich die Kinder schlug. Wer, konnte ich nicht erkennen. Da war aufgezählt, wie viele Besucher ich wann gehabt hatte.

Es dauerte Stunden, das alles zu lesen.

Herr Freder saß neben mir. Wir sprachen kaum. Die Akte sprach für sich. Ich wollte das alles nicht mehr wissen. Ich klappte den Ordner zu, ohne den Rest gelesen zu haben. Ich fühlte mich unglaublich leer, beschmutzt, öffentlich. Verenas Beitrag war sicher nicht groß gewesen, aber so tief verletzend.

Meine ersten Schritte waren zur Bank, dann zu den Ämtern. Ich zog alle Anträge zurück. Eine Frau beim Bauamt sah mich verständnislos an.

Sie hatte sich sehr eingesetzt und wusste um meine Bemühungen für das Haus.

„Würden Sie mit jemandem bauen, der Sie betrügt?" fragte ich sie.

„Oh, Gott, Sie Arme", sagte sie.

„Ich bin nicht arm. Arm dran wäre ich, wenn ich es erfahren hätte, wenn das Haus fertig gewesen wäre."

Teilweise konnte ich die Verträge nicht allein auflösen. Ich schrieb also Hagen nach langem Überlegen einen Brief:

Hagen Rabenau!
Ein Haus aus Lügen steht auf tönernen Füßen. In so einem Haus mag ich nicht wohnen. Du darfst es alleine bauen und die Wände mit meiner Stasi-Akte bekleben, damit Du immer stolz auf Deine Schandtaten sein kannst.
Ich bleibe dabei: Mit Dir – nie! J.
PS: Ich habe meine Seite der Verträge aufgelöst.

Ich dachte kurz, dass er versuchen könnte, sich zu rächen, aber das würde er gegebenenfalls auch ohne diesen Brief.

Es den Kindern zu erklären, war schwer. Ich überlegte, aber dann sagte ich Ihnen nur, dass Hagen mich hintergangen hätte und ich sehr traurig sei.

Pauli verstand nicht, was hintergangen war.

„Er hat etwas heimlich hinter meinem Rücken gemacht, was mir sehr geschadet hat." Mehr wollte ich nicht sagen. Das verstand sie.

„Mami, der hat nicht verdient, dass wir ein schönes Haus mit ihm bauen", sagte sie.

Ich überraschte sie damit, zu meinen Eltern zu fahren. Die Nachbarin von meinen Eltern in Grünau hatte junge Kätzchen, das wusste ich. Ich rief an und fragte, ob sie noch eins für uns hätte.

„Kommt mal mit, aber leise", sagte sie, als wir angekommen waren. Die Kinder schlichen hinter ihr her. Ich lugte um die Ecke. Da lagen in einem kleinen Körbchen vier kleine Wollknäule und schliefen.

„Ach", machte Pauli und klatschte in die Hände. „Aber wir dürfen nicht…"

„Doch, Ihr dürft", sagte ich. „Sucht euch eins aus."

Das Strahlen in ihren Augen war unbeschreiblich.

„Mami…"

Andi streichelte vorsichtig die kleinen Kätzchen, die sich wohlig drehten und ihm den Bauch hinhielten. Wir lachten. Ich musste mich schnell über den Korb beugen, damit keiner meine Tränen glitzern sah. Sie waren auch allerliebst. Ein kleines, freches kletterte jetzt über den Rand des Korbes und leckte Andi die Hand, die er ihm hinstreckte.

„Das nehmen wir", sagte er.

„Ist es ein Mädchen oder ein Junge", fragte Pauli die Nachbarin.

„Das kann man noch nicht genau sehen", antwortete sie und hob das Kätzchen hoch. „Es könnte ein Mädchen sein."

„Gut, dann nehmen wir es", sprach meine altkluge Tochter. Wir hatten also ein neues Familienmitglied: Lili.

Als Vic das nächste Mal kam, feierten wir Taufe. Ich hatte nicht daran gedacht, aber er.

„Lili ist aber kein Name für einen Kater", meinte er.

„Was?" schrien die Kinder aufgeregt. Seit wir das Kätzchen geholt hatten, waren drei Wochen vergangen. Und jetzt sah man es deutlich. Und nun?

„Was haltet Ihr von Linus? Linus Pauling war ein berühmter amerikanischer Wissenschaftler, der den Nobelpreis bekam", sagte Vic.

„Leines? Blöder Name, da fehlt ein K am Anfang", war Andis Kommentar.

„Man schreibt es Linus."

„Ich will Willi", stellte Pauli fest, und dabei blieb es.

Als die Kinder im Bett waren, klingelte es. Vic war im Bad am anderen Ende des Flures. Ich machte auf. Hagen, wutschnaubend. Er schob mich in den Flur und schloss die Tür hinter sich.

„Du Aas, so kommst du mir nicht davon." Schon hatte er seine Hände um meinen Hals gelegt. Ich war starr vor Schrecken. Sofort hatte er eine Hand zwischen meinen Beinen und drückte mich Richtung Wohnzimmer.

Ich wollte schreien, aber er schlug mich mitten ins Gesicht.

„Halt's Maul du Dreckstück!" flüsterte er drohend, schob mich rückwärts durch die Tür und riss meinen Rock entzwei. Ich lag auf dem Teppich.

Wo blieb nur Vic?

„Beweg dich nicht", keifte Hagen, riss seine Hose auf und ließ sie runter.

„Komm mein arrogantes Täubchen." Er riss mich an den Haaren hoch.

In dem Moment schlug ihm krachend die Wohnzimmertür in den Rücken. Die Hose noch um die Knie, flog Hagen über mich hinweg und landete auf dem Teppich auf dem Bauch. Vic sprang an mir vorbei, kniete sich auf Hagens Rücken und drehte seine Arme nach hinten.

So schnell hatte ich noch nie die Polizei gesehen. Hagens eindeutige Position ohne Hose und mein zerrissener Rock ließen keine Zweifel zu. Die Kinder standen in der Tür, wurden aber von einer Polizistin in die Küche geführt.

Ich musste mich übergeben und rannte ins Bad. Als ich zurück kam stand Hagen angezogen und in Handschellen da.

„Der Herr möchte doch nicht ohne Hose mit aufs Präsidium", sagte der eine Polizist und führte ihn ab.

Sie nahmen ein Protokoll auf. Jetzt erst erfuhr ich, dass Victor mit seinem Handy geistesgegenwärtig von der Küche aus die Polizei angerufen und die Wohnungstür aufgemacht hatte, bevor er mir zu Hilfe kam.

„Dieser Vogel ist größer und kräftiger als ich. Ich hatte keine Lust auf eine Schlägerei", sagte er.

„Oh, Vic, er hätte mich erwürgen können!" rief ich.

„Der? Der wollte was ganz anderes. Ich musste nur warten, dass er wehrlos war." Er nahm mich in den Arm und hielt mich ganz fest. Ich zitterte am ganzen Leib.

„Es ist vorbei mit ihm, endgültig", sagte er.

Hagen wurde verurteilt, nicht nur wegen des Angriffs auf mich. Auch wegen seiner kriminellen Machenschaften als Mitarbeiter der Stasi in der DDR. Viele hatten nach dem Prozess Mut gefasst, ihre ehemaligen Peiniger und Spitzel anzuzeigen.

Verena schrieb mir einen langen Brief und bat mich noch einmal um Verzeihung. Wir trafen uns nach einigen Monaten. Sicher würde die Wunde lange schmerzen. Die alte Freundschaft würde es nie wieder geben.

Da stand ich also wieder in Tegel und wartete auf den Flug aus Stuttgart. Und hatte so einen Druck im Hals. Ich sah Vic durch die Glasscheibe und es durchfuhr mich wie ein Blitz. Es rieselte in allen Poren. Er trat zu mir heraus, in Jeans und Pullover und schaute mich an. Da waren sie wieder, die blauen Augen. Ja, ich liebte Vic!

Wir küssten uns zur Begrüßung. Wir hatten jeden Tag telefoniert.

„Zu deinem Hotel?"

„Hm."

Ich fuhr Richtung Kudamm.

„Ich wohne diesmal im Süden."

Wir fuhren Richtung Rudow.

„Weiter", sagte er immer nur.

„Jetzt rechts, rechts und jetzt links. Da vorne."

„Da ist kein Hotel", sagte ich mit Blick auf die Einfamilienhäuser. Wir hielten vor einem alten, zugewachsenen Haus.

„Hier ist es richtig."

„Hier?"

„Ja, darf ich vorstellen, mein Haus."

Ich war platt.

„Aber wie, wann?" fragte ich.

„Geheim." Er lachte. „Nein, nicht geheim. Ich übernehme ab dem nächsten Ersten die Berliner Niederlassung von Filler-Tec. Der bisherige Chef hier und ich haben unsere Häuser getauscht. Er ist schon in Heilbronn eingezogen. Meine Möbel kommen morgen. Ob es möglich ist, diese Nacht bei Ihnen zu übernachten, Frau Sintau?"

Das hatte er noch nie getan. Die Überraschungen nahmen kein Ende.

„Aber wie...?"

„Ich habe seit drei Wochen Urlaub und war schon zweimal hier. Zugegeben fiel es mir sehr schwer, es dir nicht zu sagen. Aber ich wollte dich überraschen. Die Maler waren schon drin. Komm."

Wir traten durch die Gartenpforte in ein kleines Paradies. Eine Mischung zwischen Vics Haus in Heilbronn und Heides Haus drei Ecken weiter, das fast den gleichen Baustil hatte. Nur dieses war größer und unterkellert. Mir gefiel der spitze Giebel, und es hatte einen Wintergarten dort, wo Heide ihr Atelier hatte.

„Schau mal, es gibt einen Kamin, aber leider keine Galerie. Dafür gibt es eine Bibliothek.

Oben sind vier Schlafzimmer. Man kann aus einem auch einen Hobbyraum oder Mal- und Nähzimmer machen", grinste er. „Aber ich nähe selten. Den Keller muss man ausbauen, wenn man wieder ein Spielzimmer will. Und sieh mal hier", er deutete auf eine Katzenklappe. „Das ist der Eingang für die Zwerge. Oder für Kater Willi, wenn er möchte."

Ich war sprachlos. Ich setzte mich auf eine Fensterbank und ließ das große Wohnzimmer auf mich wirken. Ich konnte mir das alles vorstellen.

„Gut", sagte ich. „Wir kommen dich besuchen."

„Dann kannst du von hier zur Arbeit fahren. Nach Mariendorf ist es von hier viel näher und auch zu deinen Eltern." Der Schalk blitzte aus seinen Augen.

„Ich überlege es mir", sagte ich ausweichend.

Das war ein Überfall, wie ich ihn ganz und gar nicht liebte. Ohne mich zu fragen!

Ein paar Wochen später war ich bei Heide in ihrer neuen Galerie nicht weit von ihrem Zuhause. Sie war mitten beim Umzug. Die Wände waren in einem ganz zarten Gelb gestrichen, was den Räumen ein Gefühl von Sonnigkeit gab. Sie waren besser geschnitten, viel geeigneter, als ihre alten Räume, und schöner gelegen. Es gab eine Holzwerkstatt in der Nähe, einen Handwerkshof und einen sehr schön sortierten Trödelmarkt mit vielen antiken Ständen. Das besondere Flair von Heides Galerie passte gut hierher.

„Hast du nicht Lust, ein paar Kleider für die Eröffnung zu nähen?" fragte Heide mich, als sie eine Pause machte und wir uns zu einem Kräutertee mit Honig setzten.

„Ich?" fragte ich erstaunt.

„Ja, ist sonst noch einer hier, der nähen kann?" Der Gedanke faszinierte mich.

„Aber wo soll ich das machen? Auf dem Küchentisch? Ich habe so wenig Platz bei mir in meinem Himmelshaus", wandte ich ein.

„Hast du nicht gesagt, dass jemand ein Nähzimmer für dich hat? Bei mir zu Hause in der Nähe? Mach es doch dort."

„Wann denn, ich kann mich doch nicht zerreißen."

„Na, dann nicht, schade."

Nach dem Teetrinken bummelten wir noch über den Trödelmarkt. Ich fand einige schöne Stücke für Vics Haus, die ich ihm schenken wollte. In einer Ecke entdeckte ich in einem Regal alte Stoffballen. Sie waren gut erhalten und durch Folie geschützt. Samt in meiner Lieblingsfarbe - tiefrot, wunderschöne cremefarbene Spitze, Chiffon in verschiedenen Tönen, weiche indigoblaue Seide, die leider an einer Seite durch

Lichteinfall verschossen war, was ihr aber auch einen besonderen Reiz verlieh. Ich fragte den Trödler nach den Preisen. Es war ganz billig, wenn ich alles nehmen würde. Als Zugabe legte er noch eine Tüte voller Nähgarn oben drauf. Heide schmunzelte in sich hinein, während sie weiter durch die Regale spazierte.

„Eigentlich wollte ich bloß ein paar Meter und nicht ein ganzes Stofflager", sagte ich.

„Nehmen Sie es mit, es wir hier nicht besser", sagte der Händler.

„Und wohin damit?" fragte ich Heide.

„Na, ins Nähzimmer."

„Und wenn er was dagegen hat, dass ich bei ihm arbeite?"

„Glaube ich nicht. Ist doch Hobby, am Wochenende."

Wir schleppten die Ballen in mein Auto. Mir war gar nicht wohl dabei.

„Angst vor der eigenen Courage?" fragte Heide.

„Ich kenne ihn ja nicht, aber meinst du nicht, du wärst bei ihm besser aufgehoben, als in Deinem Himmelshaus? Du hättest viel kürzere Wege und nicht nur für die Kinder einen Garten, von dem du die ganze Zeit träumst."

„Aber wenn es nicht gut geht?" fragte ich skeptisch.

„Und wenn es gut geht? Du liebst ihn doch. Das spürt man an jedem Wort, das du über ihn sagst."

„Ach Heide, ich brauche Zeit."

„Aber wie willst du feststellen, ob es funktioniert, wenn du es nicht probierst? Behalte doch die Wohnung und bring erst mal nur ein paar Sachen zu ihm."

„Aber die Kinder müssten umgeschult werden."

„Also, wenn du nur Argumente dagegen hast, lass es. Aber so ein Mann wartet nicht ewig. Ich bin auch auf der Suche."

„Wie?"

„Na, er ist doch genau mein Alter. Komm, lass uns hinfahren, und ich sehe ihn mir mal an."

Mir blieb die Spucke weg.

„Ich fahre erst mal alleine hin und bringe den Stoff weg", verabschiedete ich mich schnell von ihr. Ich sah noch, wie sie schelmisch lächelnd in ihrer Galerie verschwand.

Ich fühlte einen so riesigen Stachel in mir. Daran, dass ich Vic verlieren könnte, hatte ich noch nicht gedacht. Er war doch meinetwegen nach Berlin gekommen. Oder nicht? Wenn er nun nur wegen der Firma hier war und mich als Sahnehäubchen obendrauf nahm?

Lehr mich, die Männer verstehen! Aber würde Heide ihn mir wegnehmen? Sie war attraktiv, wenn auch etwas füllig. Und sie hatte genau den Stil, den er auch liebte. Aber meine Unabhängigkeit...verdammt, verdammt, verdammt!

Vic war schon zu Hause, als ich klingelte. Und da war eine Frau. Ganz attraktiv, jung, und sie tranken zusammen Kaffee im Wintergarten. Ich war völlig irritiert.

„Oh, Juliane, ich habe gar nicht mit dir gerechnet", sagte er. „Möchtest du auch Kaffee? Das ist Fräulein Berger, meine Sekretärin. Sie hat mir ein paar Unterlagen vorbeigebracht, die ich morgen für eine Verhandlung brauche. Ich hatte sie im Büro vergessen", sagte Vic.

„Aha." So viele Worte um ein bisschen Papier?

„Ich habe Stoffe im Auto. Die würde ich gern oben ins Nähzimmer tun. Heide fragte, ob ich ein paar Kleider für ihre Eröffnung nähen kann. Bei mir geht das nicht."

„Na, ich gehe dann mal", sagte Fräulein Berger.

„Aber nicht doch", sagte Vic.

„Ich würde auch gern am Wochenende mit den Kindern und ein paar Sachen herkommen", stürzte es aus mir heraus.

„Ich gehe dann jetzt", sagte Fräulein Berger wieder und stand auf. Ich stand auch auf, und als sie hinausgingen, schaute ich durch das Fenster hinter ihr her. Vic war aber an der Tür stehen geblieben und es gab nichts zu sehen. Schnell drehte ich mich um und sah in den etwas verwilderten Garten. Er war ziemlich groß und eingewachsen und erinnerte mich an meinen Garten vor vielen Jahren.

Vic kam zurück und umarmte mich von hinten.

„Bei meinem alten Gartennachbarn steht noch meine Holzbank. Die würde wunderbar hierher passen", sagte ich leise.

„Und du?" Er drehte mich zu sich um.

„Ich … glaube ich auch", sagte ich heiser.

Er drückte mich fest an sich.

Zuerst wusste ich gar nicht, wann ich dafür Zeit hätte, die Kleider zu nähen. Aber dann hatte mich eine wohlige Wärme durchzogen, und ich fing an, Skizzen zu zeichnen. Ich zeigte sie Heide und wir machten gemeinsam Aquarelle daraus. Dann kam uns die Idee, immer ein Kleid und ein Aquarell zu kombinieren. Unsere Phantasie floss nur so über.

Wir waren in Heides Atelier und die Kinder in ihrem wildschönen Garten. Ab und zu kamen sie mit erhitzten Gesichtern herein und schauten, was wir malten, verschwanden wieder, nachdem sie Hunger und Durst gestillt hatten. Wir sahen, wie sie sich auf der Wiese räkelten. Die Sonne meinte es noch gut und schickte ein paar herbstliche Strahlen. Das Atelier versank in warmen, erdigen Tönen.

Ich hatte ein paar Stoffe mitgebracht. Wir drapierten sie uns gegenseitig um unsere Körper und waren so vergnügt und ausgelassen, wie lange nicht.

Die Kleider nahmen langsam Gestalt an. Dabei durchströmte mich eine tiefe Zufriedenheit.

Meine Nähmaschine, die Betten der Kinder, ihre Sachen und ein paar Kleider von mir waren am Wochenende in Vics Haus gewandert. Nach den Herbstferien gingen sie in die neue Schule. Kaum eines Wortes hatte es gebraucht, sie zu überzeugen. Sie mochten Vic von Anfang an, und er verstand es gut, ihnen ein Freund zu sein. Der Einzige, der sich jetzt noch fürchtete, war Willi. Keine Natur mehr gewöhnt, hopste er immer wieder schnell durch die Katzenklappe ins Haus, wenn wir ihn mit hinaus nahmen. Dann saß er im Wintergarten und miaute kläglich, wenn er uns draußen sah. Er würde sich gewöhnen.

Ich fuhr oft nach der Arbeit ins Himmelshaus, um dies und jenes zu holen. Es sah inzwischen leer und unwirtlich aus. Ende eines Lebensabschnittes.

Eines Abends kuschelte sich Pauli an mich, als wir vor dem Kamin saßen.

„Mami, ich bin ganz gerne hier", sagte sie.

„Warum?" fragte ich.

„Du bist nicht mehr so streng zu uns, und wir sind nicht mehr so oft alleine. Und außerdem lachst du viel öfter."

Ich zog sie an mich. Was für ein Geschenk!

Vic setzte sich mit Andi zu uns.

„Sind sie nicht wunderbar, unsere beiden jungen Mädchen?" fragte er ihn. „Wie zwei Schwestern."

„Du Schmeichler", sagte ich.

„Nein, es ist wahr, du siehst entspannt und glücklich aus, das macht jünger."

Jetzt im Atelier dachte ich an seine Worte und sage zu Heide:

„Du, mit mir passiert etwas ganz Wunderbares. Ich fühle mich so gelöst und froh."

Ich vergrub meine Hände in den weichen roten Samt.

Ihr Lächeln zauberte ein jugendliches Leuchten auf ihr Gesicht.

Am Abend klingelte Vic an Heides Tür, um uns abzuholen. Sie hatten sich inzwischen kennengelernt. Er betrachtete unsere angefangenen Kunstwerke. Dann spürte ich seinen Blick auf mir ruhen.

„Juliane, was für ein Strahlen!" sagte er.

Die Eröffnung der Galerie war ein ungeahnter Erfolg gewesen. Der Holzkünstler hatte einige seiner Arbeiten beigesteuert. Neben der Galerie gab es eine Floristin, die für die Eröffnung wundervolle Arrangements von duftenden Blumenkörben in den Farben der Kleider herstellte. Als Heide sie bezahlen wollte, meinte sie, es gäbe wohl keine bessere Werbung für sie, als diese Eröffnungsfeier. Heide hatte noch eine Schmuckdesignerin gewonnen, deren Schmuck wir auf den Kleidern verteilten. In einer Nische hatten wir die Aquarelle mit den Modellen angeordnet und das jeweilige Kleid davor drapiert. Es war eine ungewöhnliche Zusammenstellung, und mit den passenden Blumenkörben kam es sehr gut an. Aber ich hatte nicht nur die Kleider genäht, sondern auch alte, verschnörkelte Lampengestelle vom Flohmarkt phantasievoll mit Stoff bezogen, die sofort Liebhaber fanden. Es gab wenig Schlaf kurz vor der Eröffnung.

Die unterschiedlichsten Gäste waren gekommen. Manche schauten nur kurz im Vorbeigehen herein, andere wussten es von der Annonce, wieder andere hatten es im Viertel gehört und waren deshalb hier. Und natürlich Freunde und Bekannte von Heide und mir. Herr Kissingen war von Vic eingeladen worden und noch ein Kollege von Filler-Tec, der sich sehr um Heide bemühte. Es gab viele kleine Geschenke, und es war richtig voll in unserer kleinen Galerie. Die Floristin brachte ein paar Freunde mit, unter anderem einen Musiker, ein Allroundtalent auf mehreren Instrumenten. Er machte so eine Stimmung, dass einige anfingen zu tanzen. Heide und ich umarmten uns und drehten uns nach den Rhythmen. Pauline kam dazu. Sie hatte mit Andi Visitenkarten und Getränke verteilt. Vic mimte den Hausherren und kümmerte sich darum, dass die Gäste genug zu essen und zu trinken hatten. Zwischendurch stand er an meiner Seite, drückte mich fest an sich und lächelte stillvergnügt in sich hinein.

Die Kleider wurden bis auf eins verkauft, teilweise mit den passenden Bildern und Blumen, und Heide nahm Bestellungen für mich an. Sie wollte unbedingt die Kombination von Kunst und Mode fortführen.

„Wann soll ich das denn nähen?" fragte ich sie, aber sie winkte ab.

„Dir wird schon was Gutes einfallen", antwortete sie.

Da kam ein alter Herr mit einer sehr schönen Tischlampe auf mich zu, deren Schirm ein Loch eingebrannt hatte.

„Würden Sie die Lampe für mich neu beziehen?" fragte er. „Ich habe vorhin Ihre Lampen bewundert, aber ehe ich mich entschließen konnte, waren sie alle verkauft." Heide nickte nur dazu.

Ihre Aquarelle, verschiedene Landschaften in warmen Farben, die der Holzkünstler in wunderschöne Rahmen gefasst hatte, waren an ihre Liebhaber gewandert.

Victor nahm mich in den Arm und zog mich an sich.

„Darf ich bitten, gnädige Frau?"

Der Musiker spielte einen langsamen Blues.

„Meine Juliane, ich erkenne dich wieder! Du bist es, die ich so lange gesucht habe. Traumfrau, ich liebe dich", flüsterte er mir ins Ohr. Aber es blieb keine Zeit für Heimlichkeiten. Der Musiker schwenkte auf heiße südamerikanische Rhythmen um. Es bildete sich ein Kreis um uns und alle klatschten, auch meine Kinder, die selig strahlten. Vic und ich tanzten ausgelassen. Wann war ich so glücklich gewesen? Heide kam mit Vics Kollegen in den Kreis, der Musikus ebenso und drehte sich mit uns in seiner stampfenden, rhythmischen Musik. Heide warf lachend den Kopf in den Nacken. Atemlos tanzten wir, bis der Musiker keine Luft mehr bekam und lachend und prustend das Instrument absetzte. Wir schoben die Tische vom kalten Büfett in einer Ecke zusammen und fielen erschöpft auf die Stühle, wobei der Musikus unter lautem Gelächter mit seinem Stuhl zusammenkrachte.

Victor stellte einen Rekorder an, und während die anderen bei dunkelrotem Wein in tiefsinnige

Gespräche versanken, drehten wie uns wieder um einander zu einer weichen Melodie.

„Ich liebe dich auch..., sehr", sagte ich leise an seinem Hals.

„Es gibt nichts Schöneres..."

Eine Woche nach Eröffnung von Heides Galerie bat ich um einen Termin bei meinem Chef. Vielleicht, dachte ich, könnte ich weniger Stunden arbeiten.

Ich sagte ihm, dass ich mich mit meiner Arbeit nicht mehr wohlfühlte, dass ich für die Kinder und mich überhaupt keine Zeit mehr hätte.

Herr Denner schaute mich nachdenklich an.

„Was wollen Sie denn tun, Frau Sintau?" fragte er.

„Ich weiß nicht, ich weiß nur, dass ich so nicht weitermachen kann."

„Wir schätzen Sie als tüchtige, zuverlässige Mitarbeiterin, die sich durchbeißt und auch nicht vor schwierigen Partnern oder Überstunden zurückschreckt, wenn etwas wichtig ist. Ohne Rücksicht auf sich selbst."

Plötzlich wurde mir klar, was er da sagte.

„Das ist es ja eben, Herr Denner. Ich glaube, ich kündige."

Herr Denner schaute mich irritiert an. Dann sagte er: „Ich habe in der Zeitung von Ihrem großartigen Erfolg gelesen. Sie scheinen mir ein wahres Multitalent zu sein. Mir kommt da so eine Idee. Unser Unternehmen möchte schon lange etwas, sagen wir mal, erweitert tätig werden. Wir haben überlegt eine Stiftung für künstlerisch hochbegabte Jugendliche zu gründen, die aufgrund ihres familiären Hintergrundes nicht genügend Förderung finden. Ich habe das untrügerische Gefühl, dass wir Sie und Ihre Galeristin dafür sehr gut brauchen könnten. Suchen Sie einen geeigneten Standort für die Stiftung, dass Ihr Arbeitsweg kurz ist. Ich biete Ihnen den Posten einer Geschäftsführerin an. Dann sind Sie nicht mehr so viel auf Reisen und haben Zeit, Ihre künstlerische Ader auch mit Ihren Kindern auszuleben. Ihr Gehalt würde sich verdoppeln."

Ich war so sprachlos, dass mir die Worte fehlten.

„Es gibt auch schon einen ersten Auftrag für die Stiftung. Die Firma Filler-Tec aus Stuttgart will ihren Hauptsitz nach Berlin verlegen. Es geht um die Ausgestaltung einer repräsentativen Halle mit einem Fresko, das von Jugendlichen gemalt werden soll, in dem sie ihre Entwicklung darstellen können. Das wäre doch vielleicht ein interessanter Anfang, oder?"

Ich musste nicht lange überlegen, um die Idee großartig zu finden. Victor, du Schlingel, komm du mir mal nach Hause, dachte ich und sagte:

„Halbtags, ich würde dann nur halbtags arbeiten wollen. Oder drei Tage pro Woche."
„Einverstanden", schmunzelte Herr Denner wissend.

« ☀ »

Das große Glück liegt in den kleinen Freuden

Zuerst war ich ganz verwirrt über diese Entwicklung. Das Angebot war sehr großzügig, dadurch hatte ich endlich die Möglichkeit, meine Kreativität auszuleben.
Wir hatten die Wohnung im Prenzlauer Berg endgültig aufgegeben.
Die Kinder waren glücklich, weil ich jetzt viel zu Hause war. Sie hatten sich in der neuen Schule gut eingelebt. Es tat ihnen gut, unser neues Leben mit Victor, Willi und unserem verwunschenen Haus mit Garten.

Wir stellten gemeinsam Überlegungen an, den Garten nicht nur zur Belustigung, sondern auch als Bereicherung für unsere Ernährung einzusetzen. Natürlich wollten wir biologisch gärtnern. Mir schlug im Internet das erste Mal das

Wort Permakultur entgegen und ich suchte Konzepte, wie man es verwirklichen konnte. Es kam uns entgegen, dass wir Freunde von „verwilderten" Gärten waren. Insekten liebten unseren Garten. Willi hatte gelernt, die Katzenklappe zu nutzen und hielt den Garten Mäuse-frei.

Und meine alte, silbrige Bank hielt Einzug. Ich dachte an unser Paradies mit Plumpsklo. Es war viel größer als hier. Trotzdem war es hier schöner, glücklicher. Wenn ich meine Hände in die Erde steckte, fühlte ich eine tiefe Ruhe in mich einkehren. Und wenn Gurken, Tomaten, Kräuter und Salat wuchsen, spürte ich eine Zufriedenheit, die ich nie gekannt hatte, obwohl wir doch auch früher Gärten hatten.

Viele Stunden verbrachten Heide und ich mit schöpferischen Ideen und es war eine sehr kreative Zeit, die ich genoss, noch mehr als den Erfolg bei BRAUER. Ich hatte Frieden. Kein Streben nach mehr Geld bestimmte unser Leben. Auch Victor erkannte den Wert unserer gemeinsamen Zeit und versuchte sich intensiv einzubringen. Die Kinder ackerten begeistert mit und hatten jeder ein eigenes Beet. Da man bei Permakultur nicht umgräbt, und auch kein Unkraut zupft, sondern die nackte Erde mit Mulch bedeckt, fällt einem das Gärtnern viel leichter und kostet weniger Zeit und weniger Wasser.

Immer mehr Lebensmittel stellten wir bewusst selbst her, ohne Pestizide oder Konservierungsstoffe. Köstlich, im Winter ein Glas mit Kompott oder Sommergemüse aufzumachen, das nichts kostet.

Noch nie hatte ich so viel Zufriedenheit in mir gespürt. Noch nie waren meine Kinder so glücklich und ohne Shoppinggier. Sicher hatte Victor seinen Anteil daran, aber es war vor allem meine eigene innere Veränderung. Ich hatte aufgehört, dem schnöden Mammon und dem Konsum hinterher zu laufen. Ich fühlte eine tiefe Liebe in mir und ich konnte gar nicht sagen, wem oder was sie zuerst galt.

Ende